KB272675

땅은 왜 잠들지 못하는가

사랑하는
마고, 우나, 승우에게

땅은 왜 잠들지 못하는가

김경옥 시집

문학나무

자연과 함께 할 때

인류가 문명화되면서 땅과 자원은 늘 다툼의 단초를 제공해 왔다.

석유가 풍부한 중동은 화약고다. 인간이 다툼에 소비되는 인적 물적 낭비를 줄이고 서로 재미나게 살 방법은 없을까. 더 높이 더 빠르게 더 넓게 인간의 욕망은 한계를 모른다. 전쟁은 한 지역에 머물지 않고 모두에게 현실이 된다.

세상에는 맑고, 아름답고, 재미난 숱한 것들로 채워져 있는데 욕심이 고통을 낳고 낳는다. 수다스럽고 신나는 일들이 어색하게 느껴질 정도로 나도 너도 모두 거기에 물든다.

창가에 있는 몇 개의 화분이 나의 아침을 싱싱하고 사랑스럽게 만든다. 머리를 털고 봄을 보러 나서야지. 가까운 샛강은 자연의 많은 요소를 품고 있다. 맑은 개울, 갖가지 수목들, 잉어, 왜가리, 물병아리…

아! 아득한 느티나무 위 까치집, 산란을 위한 준비가 한창이다. 자연과 함께 할 때 인간은 가장 진솔하고 넉넉하다.

2026년 4월
샛강에서
김경옥

차례

1

언어
아닌
언어처럼

땅

'지구는 우주에 떠 있는 창백한 푸른 점 하나이다.'
— 칼 세이건

하얀 정착촌이 들어선다고 그곳 안전할까
현대판 만리장성을 쌓는다고 평화가 올까

원망과 회환과 슬픔이 안개처럼 잠복한 땅에
누가 행복할까

모든 어머니들의 백기는
보이지 않는가

대책없이 날만 세우는 사람들
안타깝다

무얼 하느라 세월 보냈을까

땅밑 지도 그리며 보낸 사람들

어리석은 것은 선善이 아니고
트라우마는 반복된다

한 쪽이 초토화되어야 끝날까
땅에 목숨을 건다

땅이 없을 때 그들 고초가 어떠했는지
세상 사람들은 안다

똑같은 일이 반복되면
산지옥을 만든 사람도 당한 사람도
고통은 마찬가지다

한 가지에서 난 사람들
성스러운 땅의 참혹한 훼손

젖과 꿀이 흐르는 땅은 언제 회복될까
왜 사랑을 가르쳤는데 전쟁으로 화답할까

말장난으로 난도질한

잘난 나라들은 책임이 없을까

모두 정글의 법칙으로 움직이고
발 빠르게 대처한다

감람산에 앉아 깊은 시름에 빠진
예수님과

모스크에서 창백한 모습으로 기도하는
모하매드의 근심을

하나님은 알고 계실까
어떤 시련이기에 침묵하실까

모든 사연이 뒤엉킨 전쟁의
골은 깊어만 가고

새로운 전쟁은 양심 없이
땅을 달리하며 이어지고

사람들의 이성은 길을 잃고
감각이 마비된 채 혼이 나간다

말의 수명

말이 차고 넘친다
뭉개고 뭉개면
사람은 가고 말만 남는다

숱한 말들은 허공에서
자맥질 하다
스스로 지쳐 땅에 떨어지고

시간은 다음 말을 나르고
사람들은 앞 말을 잊는다

역사는 후하게 한 줄로 남긴다
이어갈 사람들은 무심하다

한마디 말에 살과 뼈를 붙이니
인구에 회자하며
오락으로 소비 된다

〈

진실과 사실은 별문제 아니다
세월이 흐르면
모두 *풍설 되어 흩어진다

*풍설 - 바람같이 떠도는 소문.

가지치기

글을 써놓고 가지를 친다

치고 치고
밑둥에 다시 가지를 붙인다

붙이고 붙이고 또 붙이니
너절하다
다시 치니
밑둥만 남았다

일기

인생살이에서
얻어지는 사연들

남에게 옮기자니
뒷수습이 켕긴다

글로서 옮겨 놓으니

서러울 것도
억울할 것도
섭섭할 것도 없다

쓰는 동안 반추하고
내 마음 활자가 다 빨아들여
위로가 거기 있다

시간 지나 다시 보면

어리석을 때도 있고
칭찬할 때도 있다

쌓인 일기장
그 속에 든 역사

기쁘고
영광스럽고
뿌듯함이
다시 살아나

용솟음치던 날의 희열을
걷잡지 못한다

소중한 날의 추억
이제 정리해야 하는데

다시 돌아오지 않을 날이라
머뭇거리고 있다

사랑하는 마음

펼치면 팔만대장경이요
접으면 마음 하나다

펼치면 신, 구약이요
접으면 사랑이다

마음잡고 사랑하라
참 가르치심

둘 다 넓고 깊어서
어렵고 어려운 일이다

미타쿠에 오야신

벗꽃도 날리다 땅에 떨어지면
먼지가 되고

사람도 숨쉬다 멎으면
먼지로 변한다

산 것은 모두
대지의 먼지가 되어 흙이 된다

그 흙을 뭉쳐 숨을 불어 넣으니
사람이 되었다

"미타쿠에 오야신"

'우리는 모두 연결되어 있다'고
북미 인디안들은 믿어 왔다

키세스

모두 일상에 절어 바쁘다
누구 챙길 여유 없이
앞만 보고 뛴다

삶의 쳇바퀴를 돌며 살아가는 사람들
앞가름이 바빠 오지랖 떨 여유가 없다

눈에 불을 켜고 일을 하고
뭔가를 배우며 목표를 세운다

사뭇 옆에서 건들면
폭발할 것 같다

몇 시간의 잠이 유일하게
해방된 시간이다

회의가 들어도 결단은 쉽지 않고

변명과 불안이 따라 붙는다

아, 또 누구는
차가운 언 땅에 앉아
키세스처럼 은박을 뒤집어 쓰고

무슨 찬성인지 반대인지를
열심히 외치며
함박눈을 펑펑 맞고 있더라

이, 무엇인고

사람을 지地 수水 화火 풍風 공空 식識으로
나누면
무無일까
유有일까

다시 합하면 사람이 될까
본래 없던 것이 모여 사람이 되었나

통제하고 숨 쉬게 하는 것은
무엇일까
보이지 않는 실체

부처님은 마음의 본성을
청정한 빛이라 했는데
빛은 살았나, 죽었나

모르고 살아야지

알려고 하면 답이 깊어 길을 잃는다

오직 모르고 숨만 쉴 뿐

한마디

한 방울 아침 이슬이다

옹달샘에서 길은 한 모금 생수

한 줄기 골바람

삶을 관통하고 있다

홀연히 삶을 털어 버린 자의 외마디

줄이고 줄여서 맺은 한마디

한마디로 자연과 조우한다

마음이 가난하지 않으면 쓸 수 없는 노래

사람 본성이 자연과 만나면 본래의 하나가 된다

〈

육신이 편하면 나올 수 없는 글

5,7,5를 읽고 곰곰 생각하고 미소 짓는다

하이쿠, 팍팍한 삶에 지혜가 번득인다

빚만 지고

준 것은 없고
받은 것만 많으니

이 세상 왔다
빚만 지고 사는 것 같다

감사하는 마음 만큼은
누구 못지 않으리라

생각하니
한결 마음이 편하다

관계의 늪

멍 때린다

타자에 의해서 생의 굴레가 된다
중심적 삶은 도전이다

인간은 복잡하고
번거롭다

마음이 아는 것을
머리가 따라주지 않는다

문명도 너무 빨라서
예측이 어렵다

따라가는 속도보다
달아나는 속도가 더 빠르다

생각에 잠긴다
한 생각이 무언지 모르겠다

내 속의 충만이 서서히 잦아질 때
사람만이 남는다고 생각한다

그들이 손 내밀 때
잡지 않은 탓을 해 본다

다시 시작한다 해도
나는 그럴 것이고

그들은 또 영영 떠날 것이다

 땅은 왜 잠들지 못하는가

늙은 인디안의 독백

우리는 행복했다

깨끗하고 맑은 시냇물
나뭇가지에 매달린 맛난 열매들
옷이나 고기가 필요하면
사냥을 해서 나누었다.

무엇 하나 부족함이 없었다

'와칸탄카'(The Great mystery)는
우주에 가득하여 우리에게 필요한 것을
알아서 채워 주었고
어머니 대지는 모든 것을 베풀었다.

우리는 아침에 일어나 강에서 몸을 씻고 떠오르는
태양을 바라보며 '와칸탄카'와 마주섰다 우리는 감
사의 기도로 하루를 시작한다.

기도는 각자가 '와칸탄카'와
둘이서 나누는 대화이다.
기도의 끝은 * '미타쿠에 오야신'으로 마친다.

노인은 아득한 수풀 사이를 넌지시 내려다본다

나는 이로코이족 추장의 손자이다.
우리는 오래전부터 할아버지의 할아버지 또 윗대
의 할아버지 때부터 이렇게 살아왔다. 저녁이면 마을
노인들은 모닥불 아래 아이들을 앉히고 조상의 지나
온 역사와 삶의 지혜를 조단조단 알려주었다.

그다음 세대는 또 그다음 세대에게 보태어지는 우
리의 이야기는 늘 흥미로웠고 호기심에 찬 아이들은
반짝이는 눈으로 다음 이야기를 기다렸다.

가죽으로 만든 집은 만들기도 쉽고
여름이면 시원하고 겨울이면 따뜻했다.

남자들은 아이들에게 사냥하는 기술과
담대한 마음과 절제를 가르쳤다.

　　　　　　　　　　　　　　땅은 왜 잠들지 못하는가

　여인들은 여자아이들에게 바느질과 곡식을 심고
거두는 법, 요리하는 법을 가르쳤다. 모두 행복한 일
상으로 가득했다.

　어머니가 되는 길은 가장 숭고했다.
　여인은 아이를 가지면 마을에서 떨어진 조용한 거
처에서 혼자 살며 '와칸탄카'와 대화하며 온전히 태
어날 자식에게 정성을 다했다.

　출산은 혼자서 한다.
　아이를 낳고 스스로 탯줄을 자르고
　강보에 싸서 마을로 돌아온다.

　동네 사람들의 축복 속에 아이는 마을 전체의
　관심과 보호 속에 자란다.

　아이들을 매로 다스리는 것은 우리는 생각할 수 없
다. 그것은 아주 수준 낮은 사람들이 하는 짓이다. 인
디안 말에는 욕이 없다.

　우리는 전염병이 무엇인지 모른다.

맑은 공기와 시냇물 부족함이 없는 곳에서
우리는 120세 수명을 누렸다.

우리의 삶은 전생과 후생의 중간으로
현생에서 다음 생으로 넘어갈 뿐이다.
지극한 자연의 순리이다.

적어도 백인들이 나타나기 전까지는
모든 것이 평화롭고 순탄했다.

2,500여 개 인디안 종족들이 터 잡고 살고 있는 곳
에 어느 날 백인들이 나타났다. 그들은 우리 땅을 발
견했다고 호들갑을 떨고 신앙의 자유를 찾아서 왔다
고 했다.

주름 덮힌 노인 눈에는 비웃음이 어렸다

프리머스 항구에 도착한 세 척의 배에서 간신히 목
숨을 구한 그들의 몰골은 사람 형상이 아니었다. 우
리는 그들을 친구로 따뜻이 대했다. 옥수수와 고기와
사냥하는 법을 가르쳤고 먹을 수 있는 열매와 나무를
알려주었다. 동물의 가죽으로 집을 짓는 법도 가르쳐

   땅은 왜 잠들지 못하는가

주었다.

그들이 살 작은 땅을 요구했다

우리는 본래 땅과 물과 공기는 파는 것이
아니라고 생각했다.

모든 자연은 훼손하지 말고 다음 세대에
넘겨주어야 한다고 생각하며 살았다.

우리는 흔쾌히 땅을 내어주었다.
그들은 닭 한 마리를 주었다.

그곳은 이제 자기 땅이라고 울타리를 치고
지나다니지도 못하게 했다.

노인은 허공을 향하여 헛웃음을 날린다

그리고 더 많은 백인들이 각 나라에서 떼로 몰려와
땅을 요구했다. 그들은 만족하지 못하고 더 많은 땅
을 요구했다. 우리는 화가 나기 시작했다.

그들이 차지한 땅에 우리는 들어갈 수 없었고 그 땅은 점점 넓어졌다. 결국 그들이 사단을 만들었다. 사냥에 필요한 활과 화살 칼이 전부인 우리에게 그들은 총과 포를 쏴서 겁에 질리게 했다.

우리 위대한 전사들도 세를 모아 열심히 그들과 싸웠다. 하지만 몰려드는 그들의 수와 무기 앞에 손들 수밖에 없었다.

우리 조상이 묻힌 땅이라도 지키게 해 달라고 부탁했지만 그들은 우리를 무식한 야만인이라 비웃고 우리의 '와칸탄카'를 비하하며 자기네 신을 믿으라고 윽박질렀다.

노인의 입가에는 허탈한 옷음이 지나갔다.

문명인은 그러한가… 우리가 쫓겨난 땅에서 금이나 은이 발견되면 그들은 우리를 다시 쫓아냈다. 우리는 쫓기고 쫓겨서 인디안보호구역이란 좁고 아무 쓸모 없는 땅에 내동댕이쳐졌다.

젊은이들을 마약과 독한 물(위스키), 총으로 서로

이간질 시켜 싸움을 일으키고 영혼이 병들게 했다.

　나이 든 사람들은 슬픔과 분노로 가슴이 터질 듯했다. 열악한 환경 속에서 서서히 수명을 단축하여 40세면 죽을 자리를 보아야 했다.

　우리의 위대한 전사들도 장렬하게 싸웠다. 백인들도 희생이 있었다지만 우리의 희생은 어떤 곳에서 일어난 비극과도 비교할 수 없을 정도로 참혹했다.

　그들은 어머니 대지를 마구 파헤치고 재미로 버팔로를 총으로 쏘아 죽여 사채로 몇 개의 산을 만들고 비열한 웃음을 흘리며 독한 물을 마셨다.

　땅과 강은 더러워지고 백인들의 걷잡을 수 없는 욕심으로 따뜻한 평원은 점점 빛을 잃어갔다. 긴 뱀 같은 철로가 구불거리며 산하를 유린하였다.

　무분별하게 집을 짓고
　무슨 땅이든 파헤쳐 욕심을 채웠다.

　맑은 강에서 금빛 비늘을 반짝이며 놀던 고기도 겨

울 양식인 연어도 씨가 말랐다.

우리는 그들을 친구로서 친절히 맞아 주었지만 그들은 총칼로 위협하고 협박하며 거짓과 기만으로 우리 종족들을 살해하고 모든 것을 빼앗았다.

노인의 눈에 회환의 눈물이 진액처럼 흘러내렸다

다만 우리 후손들이라도 그들에게 무시
조롱당하지 않고
위대한 조상을 둔 인디안의 후손으로
당당히 살아남기를 바랄 뿐이다.
가만히 읊조린다.

우리의 신은 백인들의 신처럼 우주를 창조하고 지배하는 인격적인 신이 아니다. 우주 전체에 깃들어 있어 우리가 다 알 수 없다. 그래서 우리는 '와칸탄카'라 부른다. 부족마다 이름이 다를 수도 있지만 내용은 그러하다.

우리 인디안의 이름으로 된 주가 아메리카에만 25개 주나 된다. 인디안 종족과 같은 이름이 알라바마,

 땅은 왜 잠들지 못하는가

아칸사스, 일리노이 등 10개 주나 된다고 들었다.

우리 조상의 혼이 깃든 이름이다. 숱한 강과 산도 우리들이 썼던 그대로의 이름을 쓴다. 인디안 조상들이 북미 전역에서 자유로이 살았다는 증거가 아니겠는가.

노인의 얼굴에는 자긍심이 그늘처럼 어린다

눈 밝은 젊은이들이 옛 땅을 찾고자 엉터리로 합의된 문서를 들고 법에 호소하지만 이겼다 한들 어떡하겠는가. 이미 빌딩이 숲을 이루고 그들의 전적을 자랑하는 기념비들이 서고 강도 바다도 옛날 모습이 아닌 것을.

오늘을 사는 사람들도 그들 조상이 저지른 불법에 관심을 쏟을 만치 한가하게 보이지도 않는다. 할리우드는 기병대에 쫓기는 우리 조상들의 모습으로 떼돈을 벌고 영문 모르는 사람들은 야만인을 척결하는 기병대에 박수를 치고 휘파람을 불었다.

기가 찰 이야기에 노인은 우울해 보인다

〈

　나는 그들이 우리에게 저지른 전혀 이성적이지 않
고 정의롭지도 않으며 편견에 찬 무지한 야만의 역사
를 지적하고 싶지 않다. 다 기억할 수도 없고 말한들
무엇이 달라지겠는가.

　여러 사람들이 인디안의 우수성을 알았지만 거만
한 백인들은 인정하고 싶지 않아서 말하지 않았다.

　인디안도 위대한 조상으로부터 바른 정신과 높은
인격, 자긍심으로 이 지구상에 넓은 땅을 마음대로
산 자유인이었음을 말하고 싶다.

　지금은 비록 그들이 몰아넣은 땅에서 숨쉬고 있지
만, 기억 속 잔상으로 남아 있는 지난날을 소환하는
것도 노인에게는 힘이 든다.

　노인은 몸이 서서히 옆으로 기운다. 감긴 듯 뜬 눈
은 먼 평원의 행복했던 날을 그리는 듯하다. 붉은 석
양이 이불처럼 내려와 노인의 앙상한 어깨를 감싼다.

　노인은 꺼져가는 기력을 다하여

　　　　　　　　　땅은 왜 잠들지 못하는가

내 앞의 행복

내 뒤의 행복

내 아래의 행복

내 위의 행복

내 주위 모든 곳의 행복

나바호족의 노래를

입술 달싹거리며

들릴 듯 말 듯 부른다.

*미타쿠에 오야신 – 우리는 모두 연결되어 있다.
**고고학자들에 따르면 1~2만 년 사이에 작은 무리의 아시아인들이 사냥
 감을 찾아 베링해협을 거쳐 알래스카에 이주해서 북미를 거쳐 남미까지
 갔다고 알려져 있다.

이
생에
와서
2

아하! 정신 차리고

뭘 하다 검색해 봐야지
컴퓨터에 앉는다

이리저리 현혹적인 제목에
끌려다니다가 늦게 깨닫는다

뭘 찾으러 왔는데…
생각이 좀체 안난다

다시 나와서 컴퓨터 켜기 전으로
돌아와 본다

아하, 정신 차리고
다시 컴퓨터에 앉는다

이번에는 마음 단단히 먹고
검색어를 쳐 본다

착시

잔 듯 만 듯
어수선한 잠자리

무거운 눈 들어 거울을 본다
작고 희시랑한
젊은 여자 다소곳이 섰다

아! 이렇게 예쁠 수가
나르시스가 된다
만져 보니 내가 느껴진다

세수를 하고
거울을 보니

검버섯과 칙칙한 기미 자글자글
세월 흔적 덮고 선 늙은 여자 서 있다

아니, 아니 이게 아닌데…
만져 보니 내가 느껴진다

누가 나인가
나는 어디로 갔나

풀린 눈의 착시에서 깨어나니
얼굴이 비로소 둘이 아닌 걸 알겠네

아이들은 어디로 갔을까

멀리 떨어져 있어 자주 못 본다

오면 좁은 집을 휩쓸고
기氣로 꽉 채우던 아이들

코로나 때문에 몇 년을 못 보고
10시간 비행 끝에 왔다

훌쩍 커서 처녀티가 난 아이들
조용하다

걸음도 가만 가만
말도 짧게
많이 웃지도 않고
밥도 얌전히 먹는다

후식 먹기도 전에

방에 박혀
아이패드에 빠진다

당황스럽다
코로나가 다른 아이들로 만들었나
허전하고 궁금하다

참새같이 온종일 재잘거리던
아이들은 어디로 갔을까

그때가 우리들의 화양연화였나
추억을 더듬는다

손에 잡았다 놓친 풍선같이
멀리 달아난
인형같이 이쁘고 통통 뛰던
아이들을 소환하며

빈 식탁에 앉아
맥없이 지난날을 그린다

10대라 그러한가

디스크 통증

얼마나 아픈지

허리는 아파서 펴지를 못하겠지

화장실은 가고 싶지

부자지는 오그라들어 보이지 않지

한참을 부스럭대었네

소피라도 보고 나니

조금 그만하여

이 말도 나오네

디스크 통증이 얼마나 대단한지

불만 zero

핸드폰에 컴퓨터가 들어 있다
정작 부리는 일은 몇 개 아니다

시간 지나면 스스로 업그레이드 된다
기본이 없어 헤맨다

포기할 수도
배울 수도
불만스럽다

뱃속부터 배워 나온 사람들에
맞춘 문명의 속도

기계 근처 얼씬도 못한
사람과는 급이 다르다

실시간 방영되는 5G가 대세다

세상일을 순간순간
요모저모 전하는 문명의 이기

거기에 따라 신속하게
움직이는 사람들

지구촌 식구들도 알았다
비밀이 없다

6G 세상은 어떠할까
기대되고 두렵다

AI가 바이러스처럼 번진다
AGI 시대가 오면 인간의
모든 능력에 대처한다니

불만을 할수록 시간은 가고
더 헤맬 것 같다

황새 걸음에
참새 걸음으로 오종종

오늘도 열심히 듣고
잊기를 계속한다
핸드폰 기능 강의는 계속된다

 땅은 왜 잠들지 못하는가

이 샘

오래,
경기도에 있어도 같은 공간에 숨쉰다 했는데
멀리 전라도에 새 둥지를 틀었다

아파트 옥상에 감질나게 키우던 화초들
훨 떨어진 곳에 땅을 사서
이것들에게 시원한 자연을 안겼다

덕택에 이 샘은 늙으막에
거둘 일이 생겨 바쁘다

덤으로 들판을 가득 메운
일출도 같고 일몰도 같은

하늘의 조화를 모든 이들에게
마음의 칼라 엽서 보낸다

문 위로 단체로 줄 서는
거미의 아침 인사도 반갑다
너희가 있어 나도 산다고 하며

허리가, 손가락이 탈이 났다
디딤돌 길 만드느라
무리가 되었나

한시도 놀고먹지 못하게 하는
시골살이
용기 좋은 이 샘

아침이면 잠옷바람으로
신선한 공기 속에 체조하니
아파트 갇힌 사람 무쟈게 생각난다 했다

일 많지 않을까
탈나면 병원은 멀지 않을까
외로울 때는 어쩔까

답답한 아파트살이
편해서 못 벗어나고

땅은 왜 잠들지 못하는가

만용을 부릴 나이도 아니고

이제는 떨어져
서로의 삶을 걱정한다

나의 숙모님

단출한 가족으로 살다
많은 식구가 벅적이는 시집

늘 낯설고 마음은 콩닥콩닥
서열 따라 부르는 명칭들

어린 사람이 나이 많은 이에게
하대하는 질서

누구를 붙잡고 버텨야 할지 막막할 때
같은 곳에 사시는 시숙모님은 버팀목이 돼주셨다

시집가면 부엌으로 들어가서
집에 올 때 나온다

가족들 근황을 말하고 싶은 시어머님
대답할 말이 없다

   땅은 왜 잠들지 못하는가

그분들을 잘 모르므로…

시숙모에게 전화한다
"시집에 가야 하는 데요"

서슴없이 만사 제치고 따라 나서는 시숙모
시어머님 댓거리도 잘 해 주신다

같이 살다 도시로 나가 사시니
모두 아는 이들의 안부다

시장가서 생선을 사도 좋은 것만 골라 주신다
시골집에 식솔이 많으니 국을 들통으로 끓인다

이런 일도 틈틈이 나와서 도와주시고…
어려우면 '숙모' 불렀던 시간들

그랬던 숙모도 세월 가니 여기저기 고장난다
수술도 하시고 조심조심 살아야 한다

시부모님도 돌아가시니 시골집도 텅 비었다

서울살이 하면서 간간이 안부전화 드리면
"자네 감시 때문에 신발 거꾸로 못 신는다"
하시며 반가워라 하신다

오래오래 건강하게 사셔야 할 텐데

친구 모임 때 숙모와 동행해서 친구들도 안다
"시숙모를 이렇게 달고 다니는 사람 봤소"
하시며 좋아 하신다

친구 같고 동기 같은 숙모가 계셔서
어깨 펴고 시집 대문에 들어서곤 했다

일찍 막내 삼촌이 돌아가시고
홀몸으로 네 자식을 키우셨다
모두 열심히 살고 있다

지혜롭고 정 많은 숙모님, 나의 숙모님

작아지는 두상

두상이 점점 작아진다
이대로 가면
어떻게 될까

뇌기능이 떨어져 아무 생각없는
사람이 될 것인가

남모르는 고민이다
아직까지는
별다른 증상이 없는데

아하! 알았다
가을 털갈이에
계속되는 탈모

굵던 말총머리
이제 명주실이다

풍성한 머리숱
탐하시던 어른들

이제 내가
젊은이들에게
되돌리고 있다

                          땅은 왜 잠들지 못하는가

승우

세 돌 지난 승우
여든 앞둔 할아버지와 깐부다

할아버지와
웃고
떠들고
노래하고 숫자 세고

너무 재미나서 잠 시간도 잊었다

며칠 동안 할아버지와 머물며
'과수원 길'을 배웠다

할아버지 침대에서
깊은 어린 잠을 잤다

승우는 엄마 아빠와 집에 갔다

〈

아직도 할아버지와 승우의
행복한 웃음소리
집안에 가득하다

첫 눈이 펄펄 온다
할아버지는 승우와
눈사람 만들고 싶다

내리는 눈雪을 바라보는
할아버지 눈眼 속에
승우 있다

  땅은 왜 잠들지 못하는가

Taya

어딘지도 모르는 길에
버려져 입양된 Taya

식구들 속에 구김살 없이 자란 놓아

살아 있는 아이를 어떻게 길에 버리냐고
Mrs. Getman은 화가 나 있다

청력을 잃은 것도 쇼크 때문이라
확신하는 Taya 엄마

자신의 두 아이와 부부의 일상은
모두 Taya 중심이다

Taya 때문에 엄마는 수화 선생이 되고
Taya 때문에 매사에 적극적인 아이들
행복의 아이콘 Taya

〈

"길에 버려져 당신을 만났지 어떻게
저 예쁜 아이가 당신 딸이 되었겠어요.
아마 당신 딸이 될려고 버려졌나 봐요"

흥분하는 Getman에게 농 아닌 농을 건네니
그녀도 어이없어 수그러진다

춤추는 것이 취미인 Taya
음의 미세한 진동을 느끼고
박자를 맞추어 춤을 추는 그녀는
발뒤꿈치를 들어 나비처럼 걷는다

**OKF 해외 입양인 여름 캠프에서 미국 미네소타에서 온 입양인 Taya 모
녀를 만났다.

손주는 꽃이다

어머니, 힘들어서 입맛이 없네요,

네가 잘 먹어야지 승우도 튼튼하지
늦게 어렵게 얻은 아들

하루 종일 아이 들여다본다
그저께는 파김치된 얼굴로

어미 에비가 된 그들이 번찰로 아이 안고
찍은 사진 톡에 올린다

너희들 많이 수척했네
걱정하는 아버지

"주말이라 도우미 이모가 안 와서
아이 보느라 힘들었어요"

아~니 하루 22시간이나 잠만 잔다는 간난이
자지 말라고 깨워서 같이 놀았나

날마다 잠시 깨는 아이 모습
열심히 톡에 올린다
발차기 하는 모습
엎드려서 힘들게 끙끙대며 고개드는 모습

아이는 울고 어미는 웃고
각가지 모습 한 다발씩 올린다

아침 눈뜨면 폰에 아이와 눈 마주치면서
기 받는 할아버지

이래도 좋고 저래도 우습다
모두를 웃게 만드는 승우의 재주

한옥 찻집

삭막하게 치솟은 아파트 정글
제법 평수 차지한
한옥 찻집

대청 마루 옆 숨은 듯 아늑한 방
구들이 없으니 두루 아랫목이다

긴 좌상
창호에 한지 바른 정겨운 문살
문고리 벗겨 창문을 연다

바람 부는 날이면 대 이파리들이
파랗게 날을 세우며 일렁인다

비오는 날이면 촉촉이
젖어 처연하다

볕 바른 날이면
설핏설핏 햇살이 끼어들어
투명하게 빛난다

담장은 낮아서 지나는 이의
머리가 우쭐우쭐 한다

옛 정취가 남아서인지
이 방에 들면 너무나 편안하다

아! 좋다
절로 마음이 열린다

유년 시절
온돌방에 옹기종기 모여
겨울 참으로 먹던
동치미와 군고구마
생각이 난다

찻값도 착해서
한잔 주문하고 앉으면
이곳이 내 사랑채가 된다

필란데시아 이브닝그로우

무도회에 나온 숙녀같이
핑크빛 회색 드레스를 입고
어깨를 슬쩍 올리며 시선을 끈다

애교가 철철 넘친다
나를 쳐다 보라고
관심 가져 달라고
목말라서
보채는 애인처럼

물을 듬뿍 먹이고 진잎을
정리해 주면
언제 그랬냐는 듯
활짝 웃으며
나에게 안긴다

할매들의 모임

70대 중반을 넘기고 있는 자글자글 할머니들이 두 주 후에 모임을 갖기로 했다. 친구 M원장은 아직까지 연구와 임상을 게을리 하지 않고 새벽에 메스를 든다. 노익장이다.

국제산과학회에서 좌장 역할을 하며 전공분야인 불임치료에 매진해 왔다. 자신이 하는 일을 늘 재미난 놀이라고 말한다. 국가에 이바지함이 크다.

어릴 때 유관순 의사를 가슴에 새긴 그녀는 의과대학에 들어갔을 때 이 분야로 애국을 해야겠다 결심을 했었다. 꿈은 이루어진 셈이다

새로운 경지를 개척해 나가는 주목받는 그녀는 이번에는 예전에 피임을 위해 묶은 복강경을 풀어서 임신에 이르는 길이 시험관 임신 확률보다 높다는 것을 대만학회에 발표했다. 또 새로운 연구 결과다.

〈

　그녀의 노고에 대한 친구들의 격려 자리였다. 자주 신문에 이름을 올리니 이미 유명 인사다.

　처음 A가 해운대로 의견을 냈으나 마침 불꽃 축제와 교통체증도 고려하여 범일동으로 정해졌다.
　총무가 H백화점 한정식으로 정했다.
　M원장이 청요리로 하잔다.
　취소와 예약을 다시 했다.

　며칠 후 M원장이 해운대 괜찮은 일식집에 8명 예약을 했다 알렸다. 한식, 중식, 일식의 순으로 숨가쁘게 바뀌고 해운대에서 범일동으로 다시 해운대로 장소가 바뀌었다.

　총무가 난색을 표했다. 친구들이 혼동하니 홍보석으로 하자 했다. M원장은 바다를 보며 멋진 식사를 기대했지만 친구 A까지 총무의 의견에 손을 들었다. M원장도 그러기로 했다.

　총무가 한 번 더 친구들에게 시간과 장소를 알렸다. 9일 오후 다섯 시 다담주 홍보석이라고 전화하고 문자 남겼다.

　　일주일 후 친구 B가 총무에게 전화를 했다.
　　"홍보석에 오니 아무도 없네."
　　"아이고 어짜노? 다음주다." 총무.
　　"오늘 아이가?" 친구B.
　　"어짜노 어짜노." 하면서 "알았다. 나는 다음주에는 안 갈란다." 엄포를 놨다.
　　"야, 네가 오늘 홍보석 갔다며, 다음주잖아. 난 아직 서울이다." 친구A.
　　"하아, 안그래도 내가 착각을 했다." 친구B.
　　"니는 그럼 안 올래." 친구A.
　　"아이다, 아이다! 내 간다. 니는 서울서 오는데." 총무 말과 달리 흔쾌히 오겠다는 친구B. 안심이다.

　　드디어 만남의 날. 친구 7명만 모이고 한 친구가 보이지 않았다.
　　"야야, 총무야, 오늘 서면 롯데에서 안 만나나?"
　　"아이고, 거기가 왜 나오노? 홍보석이라고 몇 번 말했는데 거기로 갔나."
　　"아이고 알았다. 지하철 타고 다시 갈게. 배고픈데 천천히 시작해라."

　　　　　　　　　　땅은 왜 잠들지 못하는가

"알았다. 조심해서 온나이." 총무.

친구A가 M원장에게 말했다.

"일식집까지 말했으면 한식, 중식, 일식 제마다 각기 자기 생각하는 장소로 찾아갈 뻔했다. 하 하 하!"

동네에서 영특하다 칭찬받으며 어깨에 힘주던 그녀들이 이제 서서히 나사가 풀리기 시작한다.

친구 D가 예쁜 케익을 상 가운데 놓았다.

"야아, 너 무슨 일을 했노?"

민망한 듯 M원장이 친구A를 본다.

"몰라, D가 준비했나 보네."

척척 말하지 않아도 분위기 만든다. 아직은 다 녹슬지 않았다. 친구들은 청요리로 저녁을 포만감 있게 채우고 케익에 불을 붙였다.

"축하합니다, 축하합니다 친~구의 잘난 업적들 추~우~카~아 합니다."

M원장의 청춘을 축하하며 소식들이 오가며 악의 없는 뒷담들도 즐기며 저녁은 무르익고 있었다.

배불러서 케익은 못 먹겠다. 손사래 치던 친구들.

M원장이 "아니 후식 먹을 배는 따로 있으니…" 하며 척척 잘라서 8조각을 냈다. 모두 얌얌 안 먹을 듯 맛있게 먹었다.

길
위의
사람들

3

귀향

들판에 홀로 우뚝 선 봉화산
산은 나를 닮고
나는 산을 닮았다

갈매빛 신새벽에도 신독의 자세를
고수하는 산
벌판 어디든 다 볼 수 있다
그늘 없는 산은 기댈 곳이 없다

사행천을 그려도 물은 바다로 간다고
탁류에 온 몸을 던졌지만
남은 것은 푸른 상처뿐

사랑도 못이 되고
불안도 진드기 같다
무기력하다

모두 허께비같이 눈앞에 있다 사라졌다
정신이 혼미하다
혼을 갈아 숨을 쉬었다

바이러스 퍼지듯
노랑나비가 덮은 세상
사랑보다 증오가 나를 이긴 것인가
모멸을 주었던 사람들도 놓아 버렸다

가슴이 울면서 산을 오른다
펼쳐진 마을은 부산하다
그래 많이 했어, 하며 두 팔을 벌렸다

시간은 인간의 잔인한 운명에 무심했다
이제 평화가 내 것인가?
나는 누구인가?
답이 없다

한 대의 담배를 깊이 빨았다
이제는 *맛문하다
전부를 놓아 버렸다

삶의 무게는 거짓말처럼 가벼웠다
살며시 눈을 감았다
아무것도 없이 텅 비었다

줄 것도 받을 것도 없는 홀가분
오직 싱그러운 공기뿐
홀연히 시야에서 사라졌다

영혼을 어루만지는 감미로움이
기분 좋게 감싼다
애초에 아무것도 없었다
뜻밖에 삶을 만나 행복하고 불행했다

생명을 탄생시킬 따뜻한 자궁의 심연
짧고도 긴 여행에서 귀향했다
걷잡을 수 없는 이 아늑함은
무엇이란 말인가

*맛문하다 - 몹시 지친 상태.
**노대통령의 심정이 화두였다.

   땅은 왜 잠들지 못하는가

아이는 자라서 아비가 되고

아낙은 아이를 들쳐 업고
갓 깬 붕어새끼들 저수지에 풀었다
수목에 둘러쌓인 푸르디 푸른 물

사람의 접근을 허락지 않는 물
맑고 고요하다
가끔 뗏창이 그들을 흔들어 춤추게 한다

젖먹이 아이는 자라서 어른이 되었다
철나서 아이는 아비를 잃었다

가끔 산자락
풀섶 헤치며 행여 떨궜을
아비의 그림자를 찾는다

미처 사랑해 보지 못했다
노랑 팔랑개비 동네를 물들일 때면

아비에 대한 그리움이 사무친다

변덕 많은 사람들
아비를 죽이고 다시 살렸다

하동들은 뜰채로 허공을 가르고
장마비에 넘친 저수지
팔뚝 같은 잉어, 붕어를 토했다

아비는 아이의 어깨를 다독인다
"나는 늘 너와 함께 있다"고 조용히 말한다
아비의 아이도
가장이 되고 식솔을 거느렸다
그림자 같은 아비는
버거운 바위다
보고지고 뚜렷한 아비

아비의 아이도 아이가 있다
범부의 아비가 되어서
오래오래 같이 살고 싶다
손잡고 서로의 어깨를 받히고 싶다

                    땅은 왜 잠들지 못하는가

아비는 달이 되고
별이 되고
바람이 되었다
언제까지나 아이의 아비는
아이의 옆을 서성이며 지킬 것이다

‘조금도 의심하지 마라
아들아, 나는 너와 함께 있다
아비는 자식을 포기하는 법이 없단다’

개모차

유모차인가 했더니
개모차다

유모차인가 했더니
냥이차다

개모차인가 했더니
모처럼 유모차다

모두 끌고 다닌다
젊은이도 나이든 이도

평생 AS에
모두 업종 변경했나

유모차가 사업을 접고
개모차로 바꾸었더니 활황이라네

길 위에 선 모정

너를 낳고
세상을 얻은 듯

꽂이고
잎이었던 너

강골로 잡도리한다 해도
마음 놓지 못했다

시야 벗어난
외곬의 너

천갈래 만갈래
조심스럽다

네 흠 내 흠으로 따질 일이던가

직선적 성정에
거친 일을 만났으니

*화단禍端한 짝을 만나
또 한 번 가슴 무너지게 하더라

나이 든 너를 *정치情痴한다
나무랄까

가슴 내려 앉을 일이
하 많았던가

죄인된 심정을 누르고
기도하며 울었다

위에서 아래로
수직으로 꽂힌 운명

봇물 터진 질타와 조롱 앞에
발가벗은 심정을

창황히

          땅은 왜 잠들지 못하는가

기어이 못 볼 꼴 보고
내 인생도 끝이 났다

아들아! 아들아!
내 아들아!

*화단禍端 – 재앙이나 불행이 일어나게 하는 실마리.
*정치情痴 – 여자에 빠짐.
**그의 어머니를 생각한다. 자식 둔 에미는 모두 같은 마음이리라. 죄 값은
  받아야겠지만 어리석음은 연민한다. 모두의 어머니를 위해서.

공밥

평생을 공公밥 먹고 살았다

탁월한 스팩에
용모도 수려하고 과묵했다
명석한 머리에 든 차가운 이성으로
무장했다

오사바사 하지 않아도
연연하지 않아도 될 일
자신의 머리를 배반하고
육신을 허욕에 가두었다

큰 역량 어디 소풍 보내고
이름으로 남았을까
운칠運七복삼福三이었던 그가
마지막 자리도 공밥이다

아파트

로제와 브루노 마스가 부르는 노래
'아파트 아파트는…'는 흥겹기만 하다

차도만 있다
아파트로 들어갔다
아파트로 나온다

문 '꽝' 닫으면 세상 고요하다
탈 나면 관리실에
앞집 옆집
보일 듯 말 듯 알은 체 한다

마을 길이 없다
아파트 사이사이를
골목처럼 걷는다

넓은 정원도 있지만

봄꽃 심지도 꺾지도 못한다

모두 쇠울타리 치고
철문을 굳게 걸어 잠근다
카드 '척' 대야 열린다

하늘도 조각조각 났다
공중부양 되어
갇혔지만 갇힌 줄 모르고 산다
갇혀야 편안해지는 괴리

내 집이지만
남의 집 같은 아파트에 사는
나는 누군가

악몽

어둠은 안개처럼 퍼져 내리고
상점의 불들은 대낮같이 밝다

화사한 날개옷을 걸친 천사들이
날아다니며 나팔을 분다

천사들은 애를 태우며
눈물을 흘리며 마음을 조린다

음습한 바람이 슬슬 불기 시작하면서
사람들이 모이기 시작한다

마침 할로윈이라 젊은 남녀들 각양각색으로
변장하여 즐겁게 모여든다

굳이 이 골목이었을까

무조건 앞사람 뒷꼭지만 보고 걷는다
점점 보폭은 가팔라지고
말은 숨소리에 묻혀 버렸다

윗골목에서 썰물처럼 내려오고
아랫길에서 밀물처럼 올라가고
점점 심하게 엉켜 버렸다

애초에 간과되었던 일
다급한 소리는 허공으로 흩어졌다

작고 좁은 골목길 꽉 막혀 버렸다

밀리고 밀려서 붕 떴다
발이 허공에서 갈피를 잡을 수 없다

육신이 사방으로 조여와
사람들은 초죽음이 된다

밀고 밀리던 사람 떼에 엎어진다
다친 사람들이 볏짚 쌓이듯 쟁여진다

순식간에 아름다운 넋들은
거대한 청춘의 꿈을 접고
별이 되어 밤하늘에 올랐다

영문도 모른 채 기가 막혀라
눈부신 날들을 잇지 못하고

모두 얼이 빠져 울부짖고 있었다
굽어보니 순식간의 일이
묵영처럼 좁은 골목을 메웠다

졸지에 일어난 일에 머리가 하얗다

"아 앗" 서로 내 탓, 네 탓 하는 소리에 섞여
"여기서 그렇게 많은 사람이 갔다고"
어디서 어이없다는 소리가 들렸다

등골이 오싹하며 싸늘한 한기에
눈을 번쩍 떴다

지독한 악몽이었다

반려 댕댕

내 배 아파 낳은 자식은 아니지만
애지중지 키우다 보면
가슴으로 만난 자식이다

콧물만 훌쩍거려도 병원 데려가고
유모차에
색깔 좋은 드레스에
밥도 간식도 외제만 먹인다

행여 유해 물질은 없는지
곰곰이 따져 보고 장난감 산다

사회성 기르기 유치원이 생겼다니
관심이 생긴다

헤어 살롱에 데려가
염색하고 다듬고

손톱 발톱 만지고 나오면
블링 블링 모두들 쳐다본다
아이에게 최상의 것만 해 주고픈 마음

길만 잘 들이면
해가 갈수록 관계는 돈독해진다

가벼운 병은 일차 병원에 가지만 그가
종양으로 힘들 때 이차 병원에 갔을 때는
약속이 밀려서 얼마나 마음 졸였는지
생각하면 식은땀 흐른다

이제,
수명이 되어
성인병도 앓고 치매 증세도 보인다
이빨도 빠지고 냄새도 난다

다리도 질질 끌며 오래 걷지도 못한다
큰 병원에 데려가 보지만 노환이란다

홍삼도 먹여 보고 침향도 개어서
입 벌려 먹여 본다

잠깐 눈떴다 다시 힘 빠진다

무한 사랑만 준 그에게
치다꺼리는 할 만하다

사람 자식,
부모 되기는 버겁고 녹록치 않아
그러나 부모는 되고 싶다

반려 댕댕은
부모 역할, 자식 역할 느끼게 하고
내가 손 뻗으면 언제나 거기에 있다

오밤중 잠 안와 일어나면 따라 일어나
살며시 옆에 붙는다

수명이 되어
마음의 대비는 해도 착잡하고 우울하다
무지개 다리 건너는 그를 보며 만감이 교차한다

자식은 인생을 가르치고 아비를 가르친다
시대를 쫓아 갈려고 하지만 내심 섭섭하다

 땅은 왜 잠들지 못하는가

날마다 이해하고 덮어 준다

오늘도 사람들은
반려 댕댕 파는 곳에 붙박이 되어
마음을 넣었다, 뺐다 한다

어퍼컷 세리머니

만면에 웃음 띤 결기 앞세우고
열화 같은 성화에

"그래, 그래 한 번 하자"
쓰윽 나선다

넙데데 육덕 좋아 푸근하다
힘주느라 아래턱도 두 개다

눈에 핏발 세우며 멀리
허공을 힘차게 노려본다

빨간 타이 물든
붉디붉은 얼굴

윗도리 단추만 여미니
아랫배가 불룩

힘 더 주면 터질 것 같다

되알진 주먹으로
어퍼컷을 '퍼억' 쳐 올린다

"부우웅"하고 소리도 우람한 방귀소리
모두들 못 들은 걸로 한다

무언가 할 것 같은 등치만한 근자감
감추어진 실력을 기대한다

여하간
방귀 한 방으로
크게 재미본 터라

뻑하면 어퍼컷 날린다
열화 같은 박수우…

흐뭇하다
비나리치는 입방아들

살가운 영색으로

앞으로 옆으로 분주하다

자꾸 저러다
하초에 힘 빠져

뒤로 벌렁 나자빠지면
뇌진탕 오기 쉬운데
오지랖 뜨는 사람도 있다

맑고 푸른 하늘에는
빨간 풍선들이
서로 키재기를 하며 둥둥 떠다닌다

와아! 와아!
붉은 물이 일렁이며
사람들이 환호한다

장마

물배 터진 지렁이

모처럼 *해밀 아래
살자고 나온 도로

죽자고 질주하는 차량에
벌벌 떨다

오도 가도 못하고
긴 몸을 풀었다 말았다 한다

*해밀 – 비온 뒤 맑게 갠 하늘.

견마카세

어느 동네에
견마카세라는 식당이 있다

유명 세프가 코스요리를 대접한다는데
예약이 힘들단다

댕댕이 식사할 때
넵킨은 할까

테라스에서 엄마 아빠와
대접받으며 같이 하는 식사

단풍잎 꽃판에 가을비가
추적추적 내린다

촌스럽게 살다간
맹구 생각이 난다

뜬장

나는 어디서 와서
어디로 가는지 모른다

엄마 젖을 떼자 우리 형제들은
뿔뿔이 헤어졌다

나를 맡은 주인은 빡세게 훈련을 시켰다
빽하면 소리를 지르고 위협했다
주눅 들어 구석에서 눈치만 보았다

어느 날
친구들을 만나 잔디밭에서 공놀이를 했다
짧은 다리 뻗어 힘껏 공을 찼다.

"이 쉑액끼!" 큰 소리에 벌떡 눈을 떴다
자리에 흥건하게 쉬를 했다

주인은 잔뜩 화가 나서 나를 차에 태워
훅 내달려 아무도 없는 벌판에
던지고 가 버렸다

"에이, 재수 없어 사료값만 들었네"

어딘지 알 수 없는 곳에 꼬꾸라지며
살려 달라 벌벌 떨었건만

그는 매정했다
왜 그토록 나를 미워했는지 모른다
애당초 떠맡겨진 나를 별로 달가워하지 않았다

외로움과 배고픔에 지쳐 가고 있었다
헤어진 형제들은 엄마 아빠는

나는 몸을 말고 누워서 벌판을
하염없이 바라보며 눈물을 흘렸다

어느 날 허리굽은 할머니가
동구밖에 서성이는 나에게

  땅은 왜 잠들지 못하는가

혀를 끌끌 차시며 멸치국물 만 밥을
갖다 주었다

무서워서 선뜻 다가가지 못했다
사람이 무섭다

달포가 지나서야 할머니가 내 머리를
쓰담쓰담하게 두었다
나도 안심하고 졸래졸래 할머니를 따라 왔다

시골 외딴집 할머니의 귀염둥이 되어
할머니와 마실도 다니고
누가 들어오면 걍걍 짖기도 하며
집지킴이도 했다

할머니는 늘 대문 단속을 했지만
어느 날 잠깐 사이 나는 신작로까지 신나게 달려서
"철컥" 철창에 갇히는 신세가 되었다

할머니가 나를 찾아 헤매실 것도 걱정되고
이 사나이는 대체 나를
어디로 끌고 가나 불안했다

〈

또 어디다 내쳐져 몇 날을 굶을 걸 생각하니
앞이 캄캄했다

어딘지 골짜기를 가파르게 올라가니
"컹컹 켕켕" 하울링 뒤섞인 소리
공포스럽다

나갈 틈도 없는 뒤로 자꾸 꽁무니를 뺀다

"오늘은 여엉 별 볼 일 없네"
"이 짓도 경쟁이 심해 작은 놈 큰 놈 가릴 것 없이
싹쓸이 하니 씨가 말랐어 쯔쯔"

나를 창살박스에 욱여 넣던 사나이가
혼자 소리로 투털댔다

억센 사나이의 투박한 손에 한 줌이 되어
뜬장에 갇혔다

거기에는 나보다 작은 아이도 있었다
아이들은 내가 보기에도

  땅은 왜 잠들지 못하는가

더럽고 허기지고 눈에는 진물이 흘렀다

피부병이 번졌는지 모두 앞 발로 긁고 있었다
뜬장 아래는 아이들의 오물이 쌓여서
악취가 심하여 눈까지 따갑다

"할머니 잘못했어요 저 여기 갇혔어요 살려 주세
요"
속울음 삼킨다
나는 이제 어떻게 된단 말인가
세상에서 누린 행복도 잠깐

"아, 할머니, 할머니 사랑하는 할머니
저 여기 있어요"

그날 왜 미쳐서 내달렸을까
아무리 생각해도 모르겠다

하염없이 갇혀서 상한 음식쓰레기 먹고
연명한 지도 두어 달

어느 날 또 다른 사나이가 와서

큰 누렁이 두 마리를 데려가다
나와 눈이 마주쳤다
얼른 눈을 깔았다

사나이 눈에 살기가 번득였다
“저 놈은 그냥 주지“ 하니까

첫 번 사나이가 말했다
“두어달 키우면 중 개는 될 텐데”
“안돼 안돼”했다

큰 개들은 철창에 갇혀서 또 다시
처절하게 울기 시작했다

한 달 후의 내 신세가
어떻게 될지 모른다

별이 되어 이 뜬장을 내려다 보고 있을지
초췌한 몰골로 오들오들 떨고 있을지
억센 손아귀에 덜미 잡혀 있을지

신세 한탄이 절로 나온다

　　　　　　　　땅은 왜 잠들지 못하는가

진물 같은 눈물이 번진다
"할머니"하고 가만히 불러 본다

앞이 보이지 않는
내 운명을 점치고 있자니

"이 쉑액끼들"
사나이의 날카롭고 거친 목소리가
귀전을 때렸다

**뜬장에 갖힌 견공들의 해방을 위해서 해가 뜨고 지는 사나이가 있다.

업고
놀자 4

실향

평생 고향을 그리며 사셨던 아버지
이 사회의 이방인

말씨도
식성도
마음씀도 달랐다

마음 붙일 수 없어 눈만 뜨면
'좀머씨'처럼 걷고 또 걷는다

구두 앞부리는 뻣뻣하게 위로 떠 올려졌고
양 뒤축은 바깥쪽으로
무너지고 있었다

고향과 가족을 잃은 자의 방황은
끝나지 않았다

 땅은 왜 잠들지 못하는가

명절이면 북녘땅 향해
새배하고 통곡했던 아버지

부모생사도 모른다고
생신상을 평생 거부했던 아버지

우리도 생일을
모르고 살았다

간혹 북녘땅 가족을 그리며
가슴이 헛헛했을 아버지

이제는 혼이 구만리 장천을 날아
함경북도 정평군 신상면 신하리 땅에 계신
할아버지, 할머니 형제들과 만났을까

이제는 또 남쪽에 있는 자식들을 그리실지
남쪽에서도 북쪽에서도
실향의 골이 깊다

여기, 유성도로 오세요

여기 황무지를 낀 작은 섬
유성도流星島에 오세요
아직 사람은 많지 않아요

양들을 키우며
젖과 고기와 가죽을 얻어요

꽃과 새들의 이름을 부르면
그들이 화답해요

밤이면,
햇불을 들고 해우질을 해서
작은 고기와 조개를 잡지요

여럿이 모여서 집을 짓고
노래를 부르면서 살아요

이곳에서 아기들은 축복입니다
모두 한 가족이에요
같이 키워요

더 이상 울지 마세요
가슴 졸이지도 마세요
여기 있는 사람들은 당신을 알아요

사실 이곳에서 당신은 할 일이 없어요
당신 머리에는 이곳에서 필요 없는
많은 것들로 채워졌어요

우리는 자연의 한 부분으로 살아요
태어나는 것도 축복이고
대지로 돌아가는 것도 순리에요

시간이란 멀리 번져간 물태예요
서서히 잊혀지고 사라지는

다양한 삶이에요
생명들은 각자의 방식대로 살아요

해가 지고 뜨고 또 지고 뜨며
자맥질을 해요

사람들이 *게염을 부리면
모두가 불행해요

작은 땅에서 푸성귀를 얻고
경작한 땅에서 곡물을 얻어요

황무지는 외경의 대상입니다
아이들이 자라서 탐험하고 놀게요

당신은 정직하고 가슴이 따뜻한 사람입니다
너무 많이 힘들군요

같이 살아요
그냥 맨손으로 오면 돼요

이제 당신의 큰 꿈을
우리의 소박한 꿈으로 바꾸어 보세요

우리는 대대로 조상들의 이야기를 듣고

그 말을 아이들에게 들려줘요

아름다운 지구촌 작은 마을에서
지친 당신을 초대합니다

*게염 – 부러운 마음에 시샘하여 탐내는 욕심.
**문명 속 지친 사람들 위로하고 싶다. 유성도는 별이 흐르는 가상의 섬.

시비詩碑

겨울 짧은 해가
그림자를 길게 늘인다

코로나로 조용한 도시샤 대학
이마데가와 캠퍼스
해리스 과학관과 채풀 건물 사이

조촐한 시비 둘
윤동주, 정지용 시인의 시비가
세월의 두께를 쓰고 있다

반가워라,
역사의 아픔을 간직한 채
나란히 침묵하고 있다

작은 태극기 두 개가
시인들을 가리킨다

〈

교정에 작은 시비와 태극기를
허락한 학교의 품이 고맙다

청운의 뜻을 품고 온
조선의 유학생들

그들이 전혀 알지 못했던
*새라새로운 세계다

서양식 건물들과 어우르진 캠퍼스
교토의 빼어난 문명
기개와 포부는
어둡고 칙칙한 기억을 부르고

자괴감은
몽현간을 버벅인다

숨을 고른다
고뇌하는 시인의 여린 숨

침묵에 묻힌 고결함이

영롱한 언어로 변신한다

마루타가 되어 생을 마쳐야 했던
요절 시인 윤동주
그는 아직도 별을 헤이고 있을까

피식민자의 설 땅은 언제나
식민자의 감시 안에 있다

'향수' 정지용 시인은
가난하지만 한가롭고 정겨운
고향을 그리고

해협에서 '나의 청춘은 나의 조국'
이라 했다

'압천'이 새겨진 시비만 남기고
납북되어 행적이 없다

조국에 대한 두 시인의 연민은
목에 걸린 가시처럼
끝이 없어라

                                          땅은 왜 잠들지 못하는가

〈

더 슬퍼 말라고
가만히 속삭여 주었다

누군가 갖다 둔 꽃묶음이
노루꼬리 같은 햇살에 졸고 있다

*새라새 – 새롭고도 새로운.

수영

'추울발' 하면 발보다 가슴이 두근두근
울렁증이 급발진한다

휘슬에 맞추어 수영하라고
고수의 훈수 들었건만
과감히 수업을 버렸다

거저 물이 좋아 물에 들 뿐
남다 숨차서 그만둘 때

가라앉으려고 하면 뜨고
뜨려고 하면 가라앉는다
약 올린다

쉽게 말하지만 쉽지 않다
머리로 이해 하는 것
몸은 모르쇠 한다

〈

가볍고 천천히 우아해야 한다

몸이 마음대로 돌아 간다
바로 잡으면 쥐난다

몸 따로 마음 따로 논다
다행 물은 안 먹는다

조화와 호흡과 리듬이다

벽이 장애다
벽만 닿으면 발이 먼저 선다

발차기는 더디고 더디다
오리발 신고 신나게 달려 본다

왔다리갔다리 열 네댓 번 왕복하고
큰 숙제하고 걷기 한다

코어도 잡아야 하고
스트림 라인도

대각선도 유지해야 하니
정신이 없다

언제 손 발이 장단 맞추어
멋지게 나아갈까

순간순간 물이 나를 한 마리
물고기 인양 부드럽게
위로 한다

반질반질 작은 가게

모자가 단정하게
차려 입고

포장만 하는 연어 횟집
언제나 분주한 두 사람

아들은
밖이 훤히 보이는 창가에
커다란 연어를 눕혀 놓고

핀셋으로 가시를
꼼꼼히 발라내고
포를 뜬다

어떤 때는 손님이 있다
조용한 날이 더 많다

두 사람은 작은 가게를
닦고 또 닦는다

어느 날
문을 닫았다
언제 열려나

달포가 지나니
완전히 비웠다

어디로 갔을까
더 좋은 곳으로
갔으면 좋으련만
다시 열면 연어와
좀 더 친구 해야겠다

간간이 가게들에 '임대문의'
팻말이 붙어 있다

코로나도 무서웠는데
소한 추위도 만만찮다

   땅은 왜 잠들지 못하는가

박경리 선생님 묘소

신산한 삶
문학사에 큰 획을 그은
박경리 작가의 묘소

미륵산 자락 코발트색 바다가
훤히 보인다
생전에 고른 장소라 한다

덜하지도 과하지도 않는 묘소
생전의 모습처럼 단아하고
품위 있다

상석 옆 오석에 박경리
성함과 생몰 연대만 적었다

소박하고 품격 있어
절로 존경의 마음으로 설렌다

허리 숙여 참배했다

묘소는 통영 앞바다를 굽어본다
태어나신 곳으로 돌아 오셨다

아늑하고 넓은 공간이
여유롭다

천천히 걸어 본다

한 점 흐트러짐 없이
사셨던 선생님

모든 이에게 감동과 감사를
남긴 선생님

감사합니다
영면하소서

"모진 세월 가고 아아 편안하다
늙어서 이리 편안한 것을
버리고 갈 것만 남아서 참 홀가분하다"

  땅은 왜 잠들지 못하는가

〈

많은 것을 이루신 후에 나온
선생님의 마지막 소회다

망고

밝을 때 본 사내
아직도
사람 드문 길가에 좌판 펴고 있다

먼지처럼 쌓인 어둠
시들어 핼쑥한 망고

한 무더기 얼마냐 했더니 만원이란다
배추잎 한 장을 건넨다

괜찮다 손사래 쳐도
기어이 덤 한 개 더 넣는다

사내는 느릿느릿
하루 장사를 접고
불룩한 검은 봉투 흔들거리며
적막한 밤길을 묵묵히 걸어간다

교무님의 모과차

선물 받은 모과차
새콤 달짝지근한 향

칼날을 완강히 거부하는
떫은 모과

어떻게 달래었을까

엄지 손톱만하게 저민
지난한 작업

손가락부터 어깨까지
힘과 정신을 겨누어야 했던 일

한 병을 써는 동안

모든 생각을 버리고

몸이 보탰다는 생각도 버리고

오로지 모과에 진심이었던 순간만
기억하리

'덥썩' 받아와 보니

교무님 수행도 같이 딸려와
송구스럽다

귀한 차가 몸과 마음을 데운다

미더덕 비빔밥

겨울철,
마산 어시장은 미더덕이 산더미처럼 쌓인다
바다에서 긁어 오면 되던 시절

몇 푼 내면 큰 다라이에 가득 퍼 준다
툭툭치면 탱글탱글 살아나 까기가 좋다

찌개로 찜으로 전으로 비빔밥으로
겨울 한 철 맛갈스런 찬거리

지금은 몸값이 올랐다
스치로폼 박스에 갱물 가득 채우고
밑에 미더덕이 조금 깔려서 온다

미더덕 알을 까서
뻘을 터뜨려 흔들어 씻어
물 빼고 다져서

식힌 밥 위에 얹는다
잔파 쫑쫑
김가루
참기름
깨소금 넣고 비빈다
미더덕과 김가루는 훌륭한 간이 된다

큰 맘 먹고 미더덕을 사서
모처럼 비빔밥을 만들어 보았다

미식가인 친구가
넘 맛나다고 엄지 척 올린다

이제 미더덕도 귀하신 몸이 되었고
칼로 다지는 일도 힘든다

고해

인생이 고해라 해도

장마 사이 반짝 뜨는 햇살처럼

인생 사이 행운이 곳곳에 숨어 있다

연아시대

매끄러운 은반에
유연한 움직임

일시에 숨 멎고
모든 시선이 꽂힌다

우아한 몸짓
섬세한 디테일

트리플 악셀… 완벽한 착지
스파이럴 시퀀스는 기품 있고 멋지다
비엘만 스핀, 카멜 스핀…

동작 하나하나
응원도 하나하나

테크닉과 음악이

한 몸으로 누빈다

흔들리지 않는 멘탈로
우뚝 서는 연아

흐름이 살아서
한 몸인 피겨 드레스

얼음판 무대에서 연아의
독무대는 계속된다

저녁마다 연아와 같이 누린
행복이어라

너무 행복해서
귀여운 마오를 잊었다

**그녀의 뼈는 얼마나 울었으며 엉덩방아는 얼마나 비명을 질렀을까.

멋진 부부

어느 시상식에서

남자는 하얀 백발
여자는 노오랑 머리로 서 있다

이색적인 조합이다
관록이 받쳐 주니 멋있다

땅은 왜 잠들지 못하는가

쓴 소금

45년 전에
뉴욕주 버팔로

빠르면 10월부터 눈이 내리고
4월부터 눈과 얼음이 녹는다

이제 세월 지나 지구 온난화로
어떻게 바뀌었을까

첫 겨울의 눈은 차갑고 시렸다

트럭이 돌아다니며
흰 결정을 삽으로 떠서
길에 흩뿌리며 다녔다

한 번도 보지 못한 광경
궁금했다

〈

어떤 이가 소금이라 했다
반신반의

아무리 부자나라라고
소금을 길에 퍼부을까

시험해 보리라
슬쩍, 결정 한 개를 닦아서
맛을 보았다

강한 쓴맛 다음에
슬쩍 짠맛이 끼어 들었다
갸웃둥, 소금은 소금이구나

지금 보니 염화칼슘이었다
염화나트륨도 해빙에 쓴다지

그때 길에 뿌리던 것이
우리도 겨울 빙판이나 눈에 뿌린다

대로변은 덤프트럭이

　　　　　　　　　　　　땅은 왜 잠들지 못하는가

지나다니며 흩뿌린다

골목길에도 제설용 박스에 담겨
부리나케 대비한다

이제 맛을 안 보고도 안다
45년 전에 맛을 보았으니…

또 어느 나라에서 온 사람이
45년 전의 나처럼
결정을 입에 슬쩍 대보는 이 있을까

이제 헤어질 시간

부질없는 자잘못

연리지에 달렸던 일곱 열매
한 때는 이웃들 시샘 부르더니

시나브로 떨어지고
비실비실 세 개 남았다

막내로 태어나
사랑 속에 자란 그

가족들의 별이었고
팍팍한 삶 속의 페니실린
시련 속 자존심이었다

그도 이제 이병 저병 달고 산다

기도에 응답이 있다고 확신한다면
신새벽에 일어나
소세하고 촛불 켜서 마음 밝혀

무념무상으로
천주 돌려 기도하기 365일

몸 고달파도
멈추지 못한 기도
숨 멈출 때까지 이어지던 모정

진기 너무 일찍 빠져 버렸을까
번듯한 영달은 아니라도
오달지지 못한 여린 성품

속절없는 세월이 해거름에 이러렀다
인생은 이렇게 끝이 나는가

다리를 질질 끌며
앞으로 쓰러질 듯 불안하다

해야 할 일도

할 일도 없는 부담없는 시간

더 아프지 말고
더 나빠지지 말고
숨 붙이고 살기를

이제 우리 모두 헤어질 시간

   땅은 왜 잠들지 못하는가

'이리 오너라 업고 놀자'더니

"쉬이 쉬이 물렀거라, 어사나리 행차시다!"
벽제소리 유난하다.
건장한 하인들이 크고 작은 봇짐 봉긋 봉긋 키재기
하며 나아간다. 동네방네 어른 아이 신기하고 요란한
행사 구경에 고샅길 미어진다.

한양으로 간 이몽룡은 밤낮 주야 과거 시험에 매진
하더니 떡하니, 장원급제를 해버렸다.

임금님께 하사받은 어사화 흔들거리며 사흘 동안
한양성 일대를 돌며 방방례를 치렀다.

암행어사 어명 받아 고을고을 돌아 마지막으로 한
양까지 악행이 자자한 변사또를 공초하고자 남원으
로 출동하였다.

마침 춘향이 목에 칼을 차고 심한 고초를 겪고 있

던 중이라 변사또의 죄를 낱낱이 밝혀 그를 쫓아냈
다,

드디어 꿈에 그리던 춘향과 해후하여 꿈결 같은 사
흘을 묵고 바야흐로 한양으로 출발하고 있었다.
말 위에 번듯하니 높이 솟아 앞서가는 몽룡어사,
나붓이 꽃가마에 앉은 춘향. 이것이 정녕 생시인가
싶다.

월매는 동네 사람들에 둘러 쌓여 찬사를 듣느라 치
마말기 허리까지 내려가는 것도 모르고 엉덩춤을 추
고 있더라.

몽룡어사 한양이 가까워질수록 심사도 점점 근심
으로 바뀐다. 천안이면 한양이 목전인데 갈수록 부모
님께 어사출두가 바빠 춘향과 함께 온다 허락을 받지
못한 터다.

이 일이 어떻게 잘 수습될지 아니면 사단이 날지
몽룡어사의 얼굴은 점점 어두워지고 있었다.

용인에 이르니 춘향을 보아도 불안은 지워지지 않

　　　　　　　　땅은 왜 잠들지 못하는가

고 말 수가 줄었다.

"서방님, 아픈데 있음 싸게 일러야제요, 속에 담아 놨다 아스라진당께요."

춘향 역시 몽룡어사의 안색 살피기에 바쁘다.

"아니, 내가 자네와 함께 간다고 부모님께 미리 말씀드리지 않은 터라 그게 걸리네."

춘향도 좋아할 수만 없는 상황을 눈치 채고 조용하다.

몽룡어사 부모님께 장원급제로 통치자할 수도 없고 마음이 무겁고 생각이 갈래를 친다.

청지기며 마당쇠가 급히 아뢴다.

"대감마님, 도련님이 도착하셨네요."

"오, 그래 먼 길에 애썼구만."
"무어라 꽃가마가 왔다고 거기 누가 탔더냐?"

"뭣이야 누구 영 받고 그 아이가 왔단 말이냐! 안된다 돌아가라 해라."

대감마님의 불호령이 떨어지기 무섭게 마님의 큰 목소리가 따라 붙는다.

〈

"아아니, 보자보자 하니 너희끼리 몰래한 사랑을 나더러 인정하라고 흥! 서천 소가 웃을 소리 그만 하거라."

"감히 퇴기 딸 따위가 사대부 가문을 능멸할 일이 있나, 일 없다. 속히 나가거라."

단단히 화돋힌 이판서 부인.

"내 남원에 있을 때도 그 아이만은 안 된다고 그렇게 일러 듣게 말했건만 기어이 데려와야아."

이판서 부인 도끼눈이 된다.

"참으로 양반 가문에 먹칠하는 일이여."

"혼사란 서로 의혼하고 청혼하여 허혼에 육례를 갖추어야 하는 순서가 여럿 따라 예장도 보내고 택일도 해야 하는 법이거늘, 사대부가에 어찌 처년지 유부년지, 수우욱, 야밤중 홍두깨 디밀 듯 데려 온단 말인가."

법도에도 없고 가풍에도 없는 일이다. 이판서 부인 비웃음이 입에 걸렸다.

그렇게 서 있기 민망한 춘향,

　　　　　　　　땅은 왜 잠들지 못하는가

“아부지, 이 자식 절 올린 것 함 받아 주소잉.”

“저, 저, 말뽄새하며, 우세스러바라.”

마님의 연이은 말.

“아니 내가 언제 너를 자식이라 했더냐. 천부당 만 부당 터진 입이라고 마음대로 지껄이냐. 고이얀지고, 으흠.”

춘향은 머슥하고 부끄럽고 얼굴에 모닥불을 끼얹 는 것 같더라.

“헹!”

돌아 앉는 이판서 부인.

“홍!”

한 번 더 고개를 돌린다.

“아이고 아이고, 삼정승 육판서집 재색 겸비한 여 식들 줄서서 있건만 퇴기 딸이 웬말이냐! 내 목에 칼 들어 와도 안 된다, 안돼! 무어라, 내가 퇴기하고 사 돈이라고.”

이판서 부인 등줄기 서늘하다. 어이가 없어서… 중 얼거린다.

댓돌 아래 무르춤하니 서 있는 몽룡어사도 체면 말 이 아니게 안절부절이다.

순진하고 절개 높은 내 낭자 눈에 피눈물 나게 하는구나. 이 일을 어찌할꼬 차라리 향처로 두고 오다가다 들렸으면 이보다 더했겠나.

덜렁 가마 태워 물색없이 서둘러 데려왔으니 부모님 노여움도 이해할 것 같다. 장차 이 일을 어쩐다. 과거시험 화제로 나온다 해도 어렵겠다. 속으로 뇌이며 이몽룡 한 발 물러선다.

계집종이며 하인들이 무슨 일 났나 서로 수군대며 일없이 안방 앞을 왔다 갔다 하더라.

몽룡은 겨우 정신을 수습하여 절도 미쳐 못 올린 춘향을 건사하여 나오며 이른다.
"향단아, 아씨 모셔라."
추레하게 비 맞은 생쥐꼴로 서 있던 향단이 춘향의 시중을 든다.

이어 몽룡은 부친과 모친을 향해서 간곡히 말한다.
"인륜지 대사를 상의 한 마디 없이 이렇게 하였으니 소자의 그릇된 처신 깊이 뉘우치고 있사옵니다.

　　　　　　　　　　　땅은 왜 잠들지 못하는가

부디 노여움을 푸소서."

그리고 남원에서 예까지 온 춘향의 처지를 가련하게 여기시어 방 한 칸 내어 주시면 곤핍한 몸이라도 풀고 생각할 말미를 달라 이른다.

두 양주가 사람 괄시 너무하는 것도 그리하여 이판서 부인에게 일렀다.

"이 아이가 말하는 것 일단은 들어주소."

"안잠자기야, 저것이 있을 뒷채 방 한 칸 치워서 들어가게 해라."

삼월은 자기 이름을 두고 뻑하면 안잠자기야 부르는 마님이 야속하다.

멀리 남원에서는 한양소식에 모두 귀 쫑긋 하고 있는데 달포 넘어 소식이 날아 왔다.

"어쩌끄나, 춘향이가 영 소박댕이 취급을 받아 불고 있잖당가."

"그것 좀 봐라잉. 퇴기면 퇴기답게 맞춤하니 혼사를 잡아야제. 월매가 기갈이 셀라께 그라고 내달으니 날벼락 맞은 건 춘향이만 불쌍허지라."

춘향 모녀 출세에 입 삐죽이던 자들도 한 말 한다.

"그란데 사람 위에 사람 없고, 사람 아래 사람도 없는 디라잉, 누가 누구를 우째 잡아 눌러불것소이."

춘향이 그런 홀대 받는 일에 제 일처럼 흥분하는 사람도 있더라.

소문들은 월매 하늘 높은 줄 모르고 길길이 뛰다가 사람들의 만류로 진정하고 찬물 한 사발 주욱 들이키고 토설한다.

"머시여, 지깟 것들이 판서면 판서지, 내 딸을 어찌 혀불었당가… 버선발 땅도 한 번 안 딛게 키운 내 자식인디. 이런 분한 일을 당허고 내가 어이 살꼬! 아이고 가슴이 문디문디 터져불 것 같아 죽겠당께!"

며칠을 넋이 나가 울던 월매 드디어 보따리 싸서 이고 한양길에 나선다. 길은 멀고 다리도 아프고 억울함이 치받쳐서 탕탕 앙가슴 치며 걸음을 재촉한다.

헛깨비 같은 월매 모습에 사람들이 비실비실 피하기도 하고 내용 모르는 사람 재수 없다 침을 뱉기도 한다.

논산 강경포에 이르러 서름에 목이 메인 월매 낙담
하여 길가에 퍼질러 앉으니 사람들이 혀를 끌끌 차며
불쌍히 여겨 물도 주고 밥덩이도 주며 동정하더라.

한양이 지척인 과천에 도착한 월매 밥국 한 그릇
사서 목구멍에 넣었지만 꾸역꾸역 도로 밀고 나와 토
악질을 하고 나니 더욱 서럽더라.

때는 시월 상달 들판에 벼 누렇게 익어가는 소리가
들리는 듯하지만 월매 눈에는 어여쁜 춘향이 가련한
모습만 일렁거린다.

신세 한탄이 절로 나온다.
"아이고 이 팔자 사나운 년의 시상 아아… 어릴적
조실부모 혀불고 기적에 얹혀 지나다가 늙은 벼슬아
치한태 머리 얹어 본처 한티 날마다 구박살이 징허게
맞다 고단헌 신세 견디지 못해 자박자박 걷는 춘향이
데불고 나와서는 여태 퇴기짓 하며 살았는디이… 애
지중지 살얼음 걷듯이 춘향을 키워 몽룡어사 짝되는
가 싶었더니 아이고 내 팔자야 이 험한 업보 딸년에
게 갈 줄이야, 하늘이 이리 무정할 수가 있냐잉… 아
아."

월매 치마 끝자락을 들어 "헹" 코를 푼다.

이판서 산다는 안국동을 걸어걸어 물어물어 풀어
진 다리를 달래며 끌고 간다. 솟을대문 거창한 이판
서댁 하인들이 대빗자루로 마당 앞을 초벌 쓸고 부드
러운 싸리비로 재벌을 쓸고 있었다.

"누굴 찾는다고라 춘향이 춘향이가 누구여."
"나가 춘향 모요. 싸게싸게 춘향이를 좀 불러주시
오이, 아니면 나 사윗놈 몽룡어사를 만나게 좀 해 주
시오."

입단속 단단히 명 받은 청지기.
"아니, 이런 무참한 인사를 보았나 우리 어사님은
아직 혼인도 안했는데 춘향이는 뭐며, 사윗놈이라니
누가 누구 사윗놈이여."
"이 여편네 썩 물러가셔. 이 집은 잡인이 함부로 드
나드는 아무나 집이 아니여, 빨리 가요. 일하는데 성
가시러우니."
하인들은 눈동자를 부라리며 비질하듯 월매를 내
친다.

"아구구, 나 죽네라. 몽룡어사 장모 죽는다잉… 내 딸년이 지금 무슨 고초를 겪고 있는지 이 어미 가슴 이 찢어져분당께."

월매는 패악질 치다 제풀에 게게 거품을 물고 쓰러 진다.

영문 모르는 장안 사람들.

"저 여편네가 정신줄 놓은 것 아냐, 안됐다 무슨 사 연으로 저리 할꼬."

애잔한 눈길을 던지며 제 갈 길 바삐 가더라.

월매는 어찌어찌 먹고 굶고 하면서 이판서 집앞을 하인들에 쫓기며 내몰리며, 달포 가고 더는 머물 형 편도 못 되고 꼴이 말이 아니게 되었다.

눈 붙이고 드나드는 사람들 보았지만 종내 춘향은 보지도 못하고 반실성하여 남원으로 내려오더라.

한편 뒷채 방 한 칸 차지한 춘향은 떠들썩하게 떠 나온 고향을, 살뜰한 어머니 월매와 살던 시절을 그 리며,

"어무이, 나가 이렇게 갇히게 생겼당께로, 우짜쓰

까이… 나가 죄 없는데… 흑흑. 내 정절 지켜 낭군 만
났더니 시부모님 괄시가 웬일이요잉…”
　춘향은 고꾸라지고 향단의 넋두리 이어진다.
　“아씨, 내 가심이 뽀사질 것 같당께요잉, 우리 어째
야 쓰까이잉.”
　둘이 껴안고 서럽게 숨죽여 울더라.

　몽룡은 가뭄에 콩나듯 스리슬쩍 야밤에 소리없이
들이 닥치고는 “춘향아 조금만 기다려라. 무슨 수가
있겠지.” 대책없는 소리하며 춘향을 품다 희뿌윰한
새벽이면 도망치듯 방문 나서는 서방도 남방도 아닌
몽룡 모습이 실망스럽더라, 매번 야밤에 쫓겨 나가는
향단 보기도 우시럽고,

　남원살이 할 때는 꽃선녀 같던 춘향이가 이제 이몽
룡 눈에도 한양의 세련되고 교양스런 아릿다운 처녀
들이 눈에 들어와 비교되더라.

　여인들도 사대부가의 훤칠한 장원급제한 전도 유
망한 이몽룡에 다투어 뜨거운 가슴을 쓸어내리며 눈
길을 보내더라.

　　　　　　　　　　　　땅은 왜 잠들지 못하는가

차일 피일 고향도 못가고 여기서도 사람대접 못 받고 있지만 본래 영특했던 춘향은 시·서·화는 좀 익힌 바 있으나 이참에 언문도 익혀 볼 참으로 이도령 과거 시험 공부하듯 밤낮없이 열심이더라.

이제 장화홍련전, 심청전, 홍길동전은 거의 외울 지경이고 글씨체는 기러기 날아가듯 했다.

춘향은 책을 읽으면서 자기보다 더한 사연을 지닌 사람들도 있다는 걸 알고 크게 위안을 받더라.

가끔 별당 뒤 대밭에 나가 사그락사그락 부딪히는 대소리 들으며 어머니를 그리워하더라.

차츰 차츰 몽룡어사 발길도 뜸해지고… 영민한 춘향도 앉고 설 자리 구별하게 되었다. 한양 사정을 향단이와 방자를 통해 듣고 돌아가는 상황도 짐작할 수 있었다.

이판서댁에서는 쓰다 달다 말이 없이 저러다 지치면 제 어미에게 가겠거니 하고 지켜보고만 있다.

춘향이 어느날 마음을 다져먹었다.

"어무이, 나 죽지 안았소이. 헌 지집이라도 내 팔자 함 고쳐 볼라요."

심기 일전한 춘향이 향단을 앞세우고 장옷 깊이 눌러쓰고 시전에 나섰다. 온갖 물건들이 거래되고 왁자지껄한 시장통에 나오니 살 것 같다.

춘향은 몇 날 며칠을 시장거리를 헤매며 샅샅이 뒤져 보았다. 어물전의 비릿한 냄새, 기름전의 고소한 향은 허기를 부르고,. 직물전의 상인은 긴 자를 들고 천을 툭툭 치며 손님을 부르고 있었다.

거리는 행상들의 외치는 소리, 상인들의 손 부르는 소리, 시장보러 나온 행랑노비 등 정신없이 돌아가고 있었다. 춘향은 정신이 번쩍 들었다.

볼 때마다 북적이는 어물 육의전 뒤에 맞춤한 장소가 있어 통사정하여 한 귀퉁이를 얻게 되었다.

춘향은 어물전에서 싸게 잡어를 사서 폭 고와서 얼개미에 쳐서 채소를 넣고 장터국밥을 맛나게 끓일 요량을 했다.

   땅은 왜 잠들지 못하는가

그리고 결심이 섰는지 이판서에게 서신 한 장 달랑 남겼는데 써 있길,

"춘향은 인자 제 갈길로 딱 가볼라요이."

"생각 잘 혔다. 에잇 고이얀지고."

이판서 수염을 쓸며 춘향이 제 발로 걸어나가 조용히 수습되니 안도 하더라.

춘향은 머리에 수건 불끈 묶고 치마 걷어 부치고 혼자 중얼거린다.

"이 몸이 사는데 무슨 낯짝이 필요하당가! 허벌나게 슬퍼부러어… 하지만 어무이, 나 안 죽었소. 지달려 주소이."

미리 연통 넣어 뒀던 곳에 한 자락 깔고 장터국밥집을 열었다. 작은 가마솥을 걸고 숯불 담을 화로도 장만했다. 나무 평상도 도련님 잘못 모셨다 쫓겨난 방자가 여러 친구들과 뚝딱뚝딱 튼실하게 만들어서 영차영차 날라와 차리니 국밥집 꼴을 갖추었다.

본래 부지런하고 눈썰미 있던 춘향은 결심이 서니 당차게 꾸려 나갔다. 어미 솜씨 이어받아 열심히 우

리고 고와서 토렴하여 뜨거운 국을 떠서 밥 한 덩이 푸짐하게 넣어주면 마파람에 게눈 감추듯 먹어 치우고 "꺼억" 트림하고 모두 흡족하게 나간다.

향단도 신바람이 나서 씻고 쓸고 다지고 열심이더라. 장터국밥집은 곧장 소문이 나서 문전성시를 이루고 춘향과 향단은 손에 물 마를 새가 없고 행주치마는 국물 튄 자국으로 얼룩졌다.

춘향은 허리춤에 복건을 차고, 동전이 차면 나무상자에 쏟아붓고 저녁이면 계산하여 꿰미를 만들어 차곡차곡 쌓아서 깊숙이 간직하였다.

일손 모자라 남원의 어머니도 불렀다. 월매 "그래 내 팔자가 그리하면 되았다. 함 살아 보자." 팔을 걸어 부치니 가세가 불같이 일어나 논밭도 사고 이사가는 집마다 사서 싼 차가료를 받고 세를 주니 모두 내 일처럼 춘향 일을 돕더라. 춘향은 모진 서울 양반 이별하고 시전에서 큰돈을 벌었다.

춘향이 이판서 집에 들어간 후 뒷이야기는 일체 없었다. 춘향을 언즉번즉 확인하러 드는 사람이 있어도

“사람 잘못 보았쓰라.” 하고 잡아 뗐다.

춘향이 어찌나 월매 모시기에 정성스럽든지 열 아들 부럽잖다고 칭찬이 자자했다.

장터국밥집 드나드는 사내들은 춘향의 미모에, 솜씨에, 태도에, 나무랄 데 없는 그녀에게 모두 마음을 빼았겼지만 춘향은 동요가 없었다.

굶는 사람에게도 마음 써서 돈 없이 기웃거리는 이가 있으면 귀퉁이 한 켠에 앉혀서 국밥을 꾸욱꾹 눌러 담아 먹였다.

어느 해 가뭄이 들어 나라 살림이 어려워 대책이 늦어지자 춘향은 모아둔 돈꿰미를 흔쾌히 풀고 논밭도 팔아 보태어 구휼에 앞장섰다.

동무 같은 향단이 방자와 서로 변치 않고 사랑하니 날 받아서 혼례를 올려 주었다. 남 못지않게 집칸도 장만하고 혼수며 살림살이도 빠짐없이 챙겨 주니 둘은 눈물을 흘리며 고마워하더라. 온 시전 사람들 축복도 받고, 이제 춘향 일이면 향단은 자기 일이 되었다.

세월 흘러 월매도 노쇠하고 춘향도 귀밑머리 서리 내리기 시작하더라. 이제 춘향은 통 큰 여인이 되었다.

춘향은 가끔 철없던 사내 이몽룡과의 짧은 인연을 얼핏설핏 회상하며 입꼬리에 미소를 머금더라.
"허어, 그라재 그런 일이 있었재."
세월은 주마등 같이 지나고.

후에 종로통에는 선행비가 섰는데 오는 이 가는 이 칭송이 대단하더라. 비에 써 있다.

춘향 선행비

本貫은 昌寧 成氏 춘향이라, 어릴 제브터 摠明
하여 하나흘 가르치매 열흘 깨치니
그 英敏홈이 一國에 드물더라.

市塵에 나가 家運을 일우고 財物을 넉넉히 사하 두었

 땅은 왜 잠들지 못하는가

으나,

　나라에 큰 災變이 들어 百姓이 굶주릴 제마다 곳집을 여러 재물을 快擲하니, 그 救恤홈이 으뜸이라.

　길을 오가는 이 업시 모도 춘향의 德을 稱頌홈이 자자하니 이에 그 어여븐 마음을 기리고자 돌을 깎아 이 碑를 세우노라.

　崇禎 某年 某月 某日
　漢城判尹 許아무개 謹書

** '몸짓'이란 예술단 동기들에게 이 글을 바친다. 춘향을 멋지게 자기 길을 개척하는 훌륭한 여인으로 그리고 싶었다.

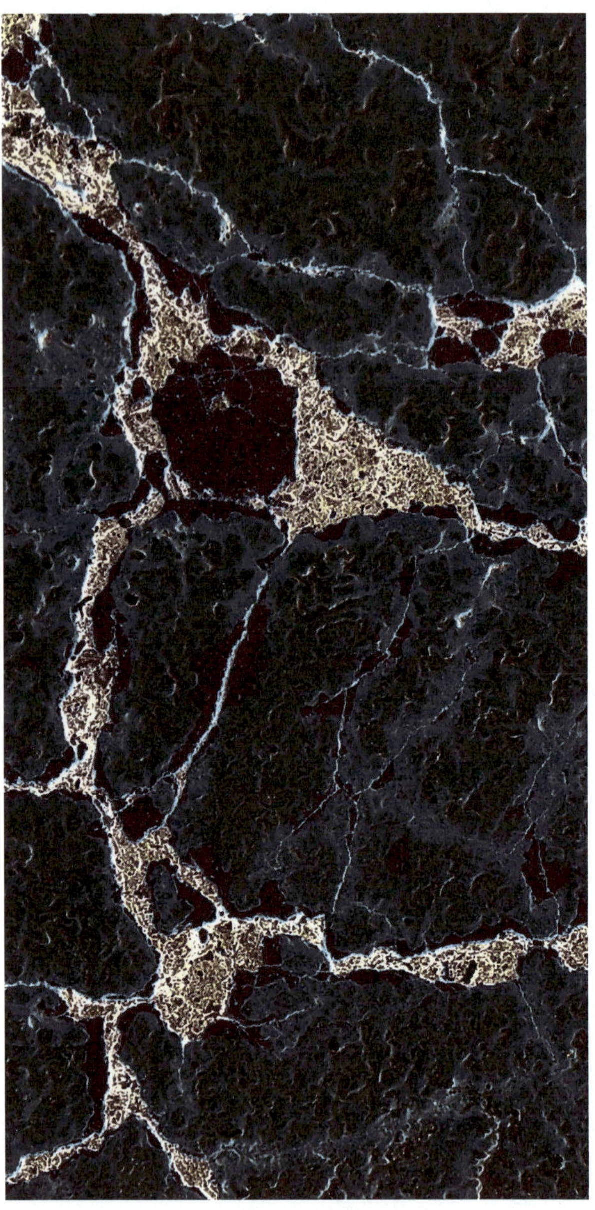

그
미소처럼 5

반가사유상

금동 미륵보살 반가사유상
삼산관 금동 미륵보살 반가사유상

수려한 인물
걸친 듯 아닌 듯 물흐르 듯
고운 자태

두 분은 붉다한 안개 속에
솟아 있어 멀리 가까이 보인다

천년의 세월을 지고
미동도 않고 있다

두 분은 자울자울 앉아서 턱을 괴고
생각에 잠겼다

침묵 속내는 무엇일까

생사를 궁구하고 있을까

보고도 가르침을 모르니
미망의 중생이라 하는지

보고 또 보고 섯노라면
같이 침묵에 빠질 뿐

친구인 듯 아닌 듯
각자 그리고 둘이다

무슨 사념이 깊어 천년을 지나도
알 수 없어 아직도 생각 중일까

** 중앙박물관 두 분의 반가사유상.

아오모리의 추억

그 해 겨울
눈의 나라 아오모리

조붓한 고샅길 쓸던
허리 굽은 사람들

지붕에 쌓인 눈
흰빛은 어디로 가고
처마에 고드름 단다

키보다 높이 쌓인
눈의 동굴로 차가 다닌다

푸르디 푸른 텅 빈 하늘에
세 얼굴을 그렸다

눈이 쌓인 삼나무 숲

따뜻하고 유황내 풍기는 온천
배부르게 쌓인 털게

해감내 풍기는 도와다 호수
커피는 따뜻했고
말은 필요 없었다

하늘 닮은 물그림자
호수자락을 따라 간다

세월도 살랑살랑 흔들린다
가만가만 추억이 자맥질 한다

얼굴 하나만 남고
둘은 지워졌다

눈은 날리고 날린다
내 마음도 눈꽃되어
이리저리 날린다

내리고 내린 눈
모든 것을 덮어 버렸다

교토 이비총

비록 혼군을 만난 처지지만
쉽게 끝을 보는 백성이 아니다

죽은 듯 불쑥불쑥 일어났다
7년 전쟁을 가뭇없이 버텼다

눈앞 전리품을 지켜보아야 할까
*도요쿠니 신사와 이비총은 서로 가시거리다

정복자의 혼이 망배 바랄까
다시 일어서는 일을 경계함일까

다 잡아 오기 버거워
귀, 코로 인질 잡았을까

지나가는 역사라지만
그곳이 존재하는 한

땅은 왜 잠들지 못하는가

현재이고 미래이다

'앞마당 나누어 쓰는 나라'가
드러난 속과
감추인 속을 모르니

같이 망하는 단초 마련하고
권력과 전쟁에 골병들고
후계자에 집착하던 그도 죽고

백성과 한몸, 한뜻으로
전쟁 끝낸 *성웅도 진기빠져
홀연히 승천했다

같은 사람이 한 쪽에서 원훈
또 다른 쪽에서는 원흉이 된다

혼도 사당에서 빠져 나와
훌훌 털고 갈 길 가고

이, 비도 다 잊고
이별한 몸 찾아 조국 품에

안겼으면 좋겠다

패배와 상처 굳이 남기는 것이
그들의 안식 만큼 중요할까

마음 수수하다
정오의 햇살이 따갑다

한 아름 꽃묶음 가만히 철책 사이에 뉘이며
깊은 숨을 쉬었다

*도요쿠니 신사 – 도요토미 히데요시의 사당.
*성웅 – 이순신 장군.

  땅은 왜 잠들지 못하는가

박태기나무

초봄 나뭇가지 비좁게
주홍색 꽃이 다닥다닥

평생 붙어 살 것처럼
야무지게 달라붙어 꽃을 단다

오월 훈풍이 불어와
무참하게 꽃들을 날려 버린다

싱싱한 푸른 잎은 우듬지
위에서 놀고 아랫가지는
꽃잎 떨군 상처만 안고 있다

다 같이 시작하고도
꽃진 가지는 쓸쓸하게
무성한 윗가지 바치고 섰다

들러리 서는 것이
아니다며 살며시 위로 한다

튼실한 너희 없으면
목을 아무리 뺀들
무슨 소용이냐고

땅은 왜 잠들지 못하는가

빛이 동방으로

많은 관광객들이
쏼라쏼라 넘친다
시장까지 점령했다

무얼 사는지
무얼 먹는지
무얼 느끼는지

가방 끌고 등에 지고 양손에 가득
무엇이 들었는지 궁금하다

K팝 덕택인지 젊은이들이
한국말로 된 가사 떼창을 한다

멀고 가까운 나라에서
한국을 가보고 싶어 하는 사람들

보여줄 게 뭐 있을까
이제는 서울에서 지방까지 간다

달고
맵고
짠 음식
기센 나라답게 음식도 화끈하다

해외 가면 기죽는 일
찬란했던 과거의 흔적으로

굴뚝 없는 산업으로
부강한 나라들 부러웠다

우리도 있다

인터넷이 어디서나 터지는 유일한 나라
오밤중에도 안전한 나라
24시 먹거리 가게
K로 시작하는 종주국…

이만 하면 괜찮다

                    땅은 왜 잠들지 못하는가

〈

20살 내 친구 Lou, 한국에서
6개월 살다 갔다

아무래도 전생에 한국인인가 한다
프랑스에 여엉 적응이 안된다니

흡사 옛 예언자들이 말했듯
빛이 서서히 동방으로 뻗는가 보네

큰 나라에 붙은 반도 국가
역사를 돌아보면 기가 세어 남았다

이른 아침 풍경

물도 밥도 봉긋하게 놓인 곳에
고양이들 한가롭다

짜투리 땅 꽃 심고 나무 심어
마음껏 누리는 세상이다

6마리 중 두 마리는 부부다

금슬 좋아 새끼 두 마리를 낳았다
검은 수컷 고양이는 멀찍이 눈치 본다

암컷이 산후 후유증으로 수컷을 멀리 하는지
얼룩덜룩 제 닮은 새끼들만 끼고 산다

적당히 살랑거리는 바람
햇볕도 이들을 따뜻하게 감싼다

 땅은 왜 잠들지 못하는가

갖가지 새들 노래에 잠을 깨는
평화로운 아침

옆에 가도 모른척
저희끼리 서로 부대끼며 논다

암컷이 젖무덤에서
떨어지지 않는 새끼들이 지겨워서인지

"아이고, 저리 좀 비켜라
이놈의 독박육아는 언제 끝나냐" 하며
훌쩍 두 자 넘는 돌담에 뛰어 올랐다

새끼들은 "엄마야, 엄마야" 하며
돌담 올랐다 미끄러지기를 계속한다

암컷 냥이는 못본 채
먼산 보고 있다

드디어 돌 위에 배 깔고 누은 암컷
눈을 가느다랗게 뜨며 비로소 휴식을 취한다

멀리서 검은 수놈은 노오란 눈을 똥그랗게 뜨고
뚫어져라 지켜본다

          땅은 왜 잠들지 못하는가

가슴에 이는 바람

눈앞에 있다 사라지는
잔상만 남아도
가슴에 바람이 든다

오래 기억에 남아
다시 찾고 싶은 곳도 있다

사진 보지만
사연은 희미하다

핸드폰 쥐고
세상을 누빈다

여행은 가슴으로 느끼고
호흡으로 새긴다

말 섞지 않고

생각 집중하고

여행지의 공기를
음미한다

잠깐 노마드족의 삶을
꿈꾸면서

                                        땅은 왜 잠들지 못하는가

만만디 중국 지하철

사촌의 하숙집에서
지하철 2호선 순환선을 타고
천안문을 가기 위해 줄을 섰다

긴 줄이 겹겹이 실타레처럼
축구장 같은 광장을 덮었다

얼마를 기다려야 할까
기다려도 기다려도 줄지 않는 줄

길옆 작은 가게들에서 *훈툰을 판다
거기서도 줄을 선다

두유보다 진하고 부드러운 또우장에
기름에 튀긴 겉은 바삭하고
포슬한 식감을 가진
요우티아오를 찍어 먹으면서

〈

여뉘 중국인들처럼
느긋하게 기다리며 아침식사를 했다

눈치 못 채게 조금씩 줄이 움직이는 것이
신기했다

구름떼 같은 사람을 보고 질려서
그냥 포기할까 생각했는데

몇 줄 당겨지니
배도 부르고
언젠가는 가겠지 하는 느긋한 마음이 생긴다
여기 있으니 만만디가 되어가나

*훈툰 – 중국식 아침식사.

업경대 業鏡臺

염라대왕 지물인 업경대는
사람사람 일생의
선악이 찍힌다는데

가면과 위선, 사기가
통하지 않는다고

원이 지면 원을 풀고
한이 지면 한을 풀고 가야

욕심은 경계가 없으니
다 못 푼들 어이하리

하물며
거울에는 호주머니도 없어
뒷돈 찔러 줄 수도 없다

누가 자유로울까

흰 옷 입었다고 모두 없던 일
되는 것도 아니고

검은 옷 입었다고 모두
덮히는 것도 아니니

반야용선 타기 전
훌훌 죄업 털면 괜찮을까

*영결종천 하면 소식 조차 돈절하니
어째야 할까

세월이 시위 떠난 화살같이
같은 듯 다른 한 해가 또 저문다

*영결종천 – 죽어서 영원히 이별함.

          땅은 왜 잠들지 못하는가

봄까치꽃

이른 봄
둔덕에 질펀하게 깔린 봄 전령사

새끼 손톱만한
잉크빛 꽃잎이 앙증맞다

자세히 보면
용케 알고 햇볕 쪽으로 모두
얼굴을 돌리고 있다

생각이 있는 걸까
따뜻한 곳을 아나보다

작은 생명도
함부로 할 수 없다

가시박의 약점

북미 머나먼 나라에서
흘러온 가시박

가시털로 다른 나무들을
점령군처럼 겁탈한다

버드나무, 후박나무, 뽕나무 등
가시박에 덮혀 점점 숨이 조여 간다

너무 단단히 틀어 올려
손 쓸 수가 없다

거센 장마비가 세 차례나
둔덕의 나무를 덮쳤다

용케도
가시박은 흔적도 없이 사라지고

〈

나무들은 뻘 뒤집어 쓴 채
멀쩡하다

그 많던 가시박들은 어디로 갔을까
뻘물 지나가며 흔적없이 사라졌다

위세 좋던 가시박도 뿌리가 약하니
뽑혀지고 말았다

샛강 나무들 무람없이 덮쳤던
외래 불청객
사람들이 걷어내려 해도
"날 잡아봐라" 하며

날로날로 영역을 넓히던 가시박
장마비에 종적을 감췄지만

어디서 씨가 둥둥 떠돌다가
정박할지 마음 놓지 못 한다

우즈벡의 뒷간

우리의 기원은
논경민족이 아니고
기마민족이었다고

바이칼 호수에서 출발하여
산넘고 물건너
여기까지 왔다

더 갈 수 없어 여기 정착했을까

나라가 살만하여
세계로 돌아 다니고
정착도 한다

서로
물건도 사고팔고
취미도 즐기고

문화도 나눈다

열강들은 옛날부터 여기저기
기웃거리며 힘자랑하고 착취했지만

우리는 후진 나라들
나무 심고, 쌀농사, 밭농사…

같이 잘 살자고 세계 곳곳에서
기꺼운 노력들 보탠다

우즈베키스탄 고려인 마을 방문
한국서 왔다고 열렬히 환대한다

화장실을 가보니
넓직한 공간에

물색의 진하고 옅은
콤비네이션 타일로
단장하고

멋진 세면대와 수세식 변기가 있다

이곳은 모두 이런가 했더니

한국에 일 갔다 온 사람들이
제일 먼저 화장실을 고친다고

아하!
서로 왔다 갔다 하다
세계가 대동 세상이 되어

전쟁 말고 재미나게 산다고
바빴으면 좋겠다

우리는 가무음곡에 탁월한 끼가 있는
민족이 아닌가

일등국가가 될 것 같다
그 때를 볼 수 있을까 없을까

  땅은 왜 잠들지 못하는가

현충원의 가을

노랑 은행잎들이
늦추위에 놀라서

생명줄 놓치고
서둘러 낙하하기 시작한다

가을비처럼 후두둑 후두둑
나비같이 팔랑대며 내려앉는다

추락하여 대지를 덮었다
노랑물 든 카펫

은행들이 발에 밟힌다
존재감 부르는 냄새가
도발적이다

쫀득한 맛을 기대하는 은행 한 움큼

오대산 적멸보궁

늦은 점심을 먹고 느릿느릿 길을 나선다
월정사 전나무 길은 언제나 가도 깊고 조용하다.

상원사행 버스
가을맞이 사람들이 쉼 없이 탄다.

계곡과 깊은 숲을 완상하며
30분 남짓 달려 상원사에 다았다.

상원사에 들려 신라시대 만든 현존 가장 오래된 동
종을 본다. 완벽한 주조기술을 보여 주는 종.

무리한 계유정난을 일으켜 왕위를 찬탈했지만 마
음의 병이 피부병으로 번져 고생한 세조 상원사 계곡
에서 몸을 씻던 중 만난 문수동자가 등을 밀었다는
전설이 전해 온다.

  땅은 왜 잠들지 못하는가

이곳 문수보살은 동자상 모습으로 부처님 곁에
입시해 있다.

경내에서 적멸보궁 가는 표시판을 확인했다
두 길이 있다.

중대 사자암을 지나서 가는 길과
상원사에서 적멸보궁으로 바로 가는 길이 있다.

좀 둘러 가도
중대 사자암을 보기로 했다.

상원사 경내 뒤쪽으로 중대 사자암 방향으로 걷기
시작했다 완만한 숲길로 가다 서서히 오르막이 계속
된다.

거기서 다시 계단 계단을 오른다
아무렇게나 만든 화강암 돌계단이 녹록지 않다.

중대 사자암 입구까지는 박석의 평평한 돌길이다
조금 숨 쉴만 하다.

5층으로 이어진 암자는 지붕이 경사 따라 지어져
이채롭다 밑에서 보면 번듯한 5층 기와지붕이 층층이
산을 오른다 맨 위에 비로전이 떡하니 버티고 있다.

이렇게 아름답고 기발한 전각을
만든 사람은 누구인가
그의 이름은 어디에도 없다.

비로자나불을 주불로 세조의 종기를 씻겼다는
문수동자상과 보현보살을 협시보살로 모셨다.

삼라만상의 부처님 제자들이
아름답고 섬세하게 부조되어 있다

사자암에서 물병과 걸망까지 버렸더니 몸이 날아
갈 듯 다시 되집어 내려와 적멸보궁 표시판을 확인하
고 따라 간다.

1킬로미터 넘게 이르는 길을 본격적으로 오르기
시작한다 간혹 꺾어지면서 이어지는 돌계단은 끝없
이 이어진다.

   땅은 왜 잠들지 못하는가

상원사까지만 두 번을 왔다가 보궁을 보지 못했다

이번에는 기어코 적멸보궁을 가보리라 오라는 이
도 가라는 이도 없건만, 마음의 원을 세워본다.

뒤에 오던 이들이 모두 앞서 가고
시적시적 몸도 마음도 흔들리면서
줄기차게 간다
평소 운동 모자라는 내가 오르기에
만만찮은 가플막이다.

올 때마다 겨울이라 보궁에 오르는 것을 사람들이
막은 이유를 알겠다 간혹 다리쉼 하면서 주위를 둘러
본다 붉게 물든 세상은 오대산 비로봉에서 흘러내린
산줄기들과 만나서 화엄세상을 펼친다.

구름 한 점 없는 푸른 하늘
모든 것이 욕심 없이 조화롭다

굳이 신심이랄 것도 없는 나는 오르는 길목 내내
석등을 거쳐 나오는 알 듯 모를 듯 이어지는 청아한
법문 소리에 마음을 싣는다.

마지막 높고 넓은 계단이 턱 마주 선다
천천히 기도하는 마음으로 계단을 올라 드디어
적멸보궁에 도착했다.

코로나로 보궁은 접근이 금지되어 겉에서만 보아
야 했다 초파일에 썼던 붉고 푸른 등이 맑은 하늘 아
래 가득하다.

양쪽의 용마루, 수염이 멋진 용두가 위용을 부리는
작지만 야무진 전각이다 안과 문의 문양을 자세히 보
지 못해 아쉽다.

전각 뒤쪽 작은 동산에 마애불이 양각된 소박한 작
은 비석이 있다 '세존 진신 탑묘'다 보궁을 뒤에서
지켜보는 듯하다.

부처님 진신사리를 모신 곳이라 한다
고두하여 삼배를 올렸다.

사람들은 마음 가는 데로 믿는다
마음이 불심이다.

          땅은 왜 잠들지 못하는가

산에 가면 사찰을 지나치지 못하는 것은 친정어머
니의 지극했던 불심을 보고 자라서 일 것이다.

때마침 희정이 전화가 왔다.
"어머니 어디세요?"
"오대산 적멸보궁."
"누구랑 가셨어요?"
"동동이랑 왔지."
"아하, 그래서 동동이 불러도 대답을 안하더니 어
머니랑 거기 갔구나."
"둘이서 올라 오느라 헉헉댔다."
"하아, 조심해서 다녀 오세요."

석달 후에 태어날 뱃속에 있는 아이를 두고
시어미와 며느리의 농이다
동동아! 힘내라,

하산 길은 좀더 나을까, 옛 길을 택했더니 너덜경
으로 이어진 길은 더 험했다. 경사가 심한 길이 질정
없이 파헤쳐져 가드레일을 붙잡고 후덜거리며 발을
뗀다.

〈

그래도 계단 길이 양반이었네 하며
테석테석한 길을 한 발 한 발 딛는다.

넘어지면 미끄러져 아래까지 갈 것 같아
불안하고 무섭다.

길 아래 아스라하게 개울물 흐르는 소리가 들린다
그래도 목적지가 한 발자국이라도 가까워진다는 것
이 위안이었다.

적멸보궁은 왜 이리도 멀리 있을까
시정 속에 부처님 사리 모셔, 오는 이 가는 이
편하게 친견케 하지 않고
수고 없이 이룰 것이 없음일까.

공력이 가는 내내 이어지니
이것이 수행이고 공부일까,

적멸보궁은 다만 거기 있을 뿐이고
사람들도 가서 신심을 낼 뿐이다.

　　　　　　　　　　땅은 왜 잠들지 못하는가

삼천 배 후에 친견을 허락한 성철스님도
스님을 뵙는 것이 목적이 아니고
공력으로 스스로 알아차리라는 뜻은 아니었을까.

고승의 깊은 뜻을
법문 밖에 사는 이가
알리 있을까마는
힘든 수행을 통해
나를 찾는 것이 아니고
나조차 잊는 것은 아닐는지,

드디어 멀리 상원사가 보인다
거의 막차 시간이 되어 마음이 바쁘다
사바세계에 왔다.

해는 지고 어스름이 깔리니
중생의 배는 속절없이
보챈다.

작품 평설
김종회
문학평론가, 전 경희대 교수

삼라만상의 내면을 성찰하는 열린 시각

삼라만상의 내면을 성찰하는 열린 시각

1. 이 땅에 사는 존재에 대한 통찰

김경옥의 시는 제재題材의 폭이 넓고 사유思惟의 깊이가 있다. 그는 사뭇 밝은 감각의 눈으로 멀리까지 내다보고, 일상에서부터 우주 공간에 이르기까지 광폭의 시적 행보를 이어간다. 그런가 하면 그 대상의 내면을 투시하는 열린 눈으로 자기 삶의 성찰에 진심이다. 오랜 시대사의 흐름을 바라보고 세월의 경륜을 습득한 시인에게서 발견되는 시 창작의 면모다. 이 시집은 그와 같은 글쓰기 방식으로 시의 주제에 따라 5부로 구성되어 있다. 시인은 목전에 펼쳐진 땅과 자원, 인간의 욕망, 전쟁, 그리고 이 모두를 넘어선 자연의 풍광과 생명력에 대해 맑은 시심詩心으로 접근한다. 세련된 기교나 언어의 묘미 이전에 그의 시 자

체를 순수하고 아름답게 받아들일 수 있는 이유다.

　이 시집 1부에 수록된 시들은 인간이 노정한 땅에서의 불화, 소통이 필요한 말의 흩어짐, 이를 바라보는 마음의 궤적, 그리고 아메리카 인디언의 독백 등을 보여주고 있다. 이 지구에서 생명을 받고 살아가는 이들의 불협화를 직선적인 발화법으로 표현한다. 그런데 그 표현의 방식이 되려 솔직담백하고 미더움을 더한다는 데 그의 시가 갖는 특징이 있다. 사람들은 그리고 서로 다른 종족들은 같은 공간을 소유하지만 각기의 욕망, 가치, 그리고 생존 방식을 갖고 산다. 그 차이가 때로는 조화를 만들기도 하나, 더 자주 긴장과 균열을 초래한다. 이러한 불협화와 충돌은 어제오늘의 일이 아니며 인간과 인간, 인간과 자연, 인간과 다른 생명체의 관계에 있어서도 마찬가지다. 시인은 여기에 시의 잣대를 가져간다. 그렇다면 과연 그 해결의 방략이 있을 것인가.

　하얀 정착촌이 들어선다고 그곳 안전할까
　현대판 만리장성을 쌓는다고 평화가 올까

　원망과 회환과 슬픔이 안개처럼 잠복한 땅에

누가 행복할까

(중략)

새로운 전쟁은 양심 없이
땅을 달리하며 이어지고

사람들의 이성은 길을 잃고
감각이 마비된 채 혼이 나간다

　　―『땅』부분

　인용의 시는 이념 전쟁이나 종교 전쟁의 뒤끝에서 초토화되는 삶과 그 고초에 대해 묘사한다. 이는 절대적인 진리를 둘러싼 인간의 집착이라는 공통분모를 갖고 있다. 이 전쟁이 더욱 어려운 이유는 이해타산에 따른 타협이 어렵다는 데 있다. 이 경우는 양보가 곧 자기부정으로 인식되기 때문이다. 시에서는 감람산의 예수와 모스크의 모하메드를 병치하고, 왜 하나님이 침묵하는가를 묻는다. 사람들은 '다름을 없애려는 세계'와 '다름을 안고 가는 세계'의 차이를 조정하지 못하고, 그냥 '죄인'의 길을 가는 형국이

　　　　　　　　　　땅은 왜 잠들지 못하는가

다.

> 펼치면 팔만대장경이요
>
> 접으면 마음 하나다
>
> 펼치면 신, 구약이요
>
> 접으면 사랑이다
>
> 마음잡고 사랑하라
>
> 참 가르치심
>
> 둘 다 넓고 깊어서
>
> 어렵고 어려운 일이다
>
> ―「사랑하는 마음」 전문

인용의 시에는 팔만대장경과 신구약 성경이 함께 제시되어 있다. 이를 접으면, 다시 말해 최대한의 요약으로 말하면 '마음 하나'와 '사랑'이 된다. 이 상호 소통이 가능한 엄연한 가르침을 두고, 시인은 그 실행에 있어서는 '둘 다 넓고 깊어서 어렵고 어려운 일'이라 고백한다. 여기서도 여전히 남은 명제는 두

종교가 '같아질 수 있는가'가 아니라 '다른 채로 함
께 갈 수 있는가'일 것이다.

    '와칸탄카'(The Great mystery)는
    우주에 가득하여 우리에게 필요한 것을
    알아서 채워 주었고
    어머니 대지는 모든 것을 베풀었다.

    (중략)

    다만 우리 후손들이라도 그들에게 무시
    조롱당하지 않고
    위대한 조상을 둔 인디안의 후손으로
    당당히 살아남기를 바랄 뿐이다.
    가만히 읊조린다.

    우리의 신은 백인들의 신처럼 우주를 창조하고 지배
하는 인격적인 신이 아니다. 우주 전체에 깃들어 있어
우리가 다 알 수 없다. 그래서 우리는 '와칸탄카'라 부
른다. 부족마다 이름이 다를 수도 있지만 내용은 그러
하다.

          땅은 왜 잠들지 못하는가

―「늙은 인디언의 독백」 부분

　인용의 시에 등장하는 인디언은 그 문면을 보면 당연히 아메리카 인디언이다. 우리는 그들의 비극적인 역사와 종족의 아픔에 대해 익히 들어왔다. 그런데 그 모든 수난을 겪은 늙은 인디언이 독백하는 이야기들로 구성된 이 장시長詩는 깊은 탄식과 슬픔을 공감하게 한다. 시인은 우주와 대지가 채워주고 베푼 것을 약탈한 백인들의 행태行態를 고발하기를 넘어, 그 비극의 정체성을 감명 깊은 시의 행렬로 풀어냈다.

2. 노년의 삶과 전통 회귀의 서정

　평균 수명이 늘어나고 그 시간을 채우는 생활의 절목들이 다양해질수록, 노년은 인간의 존재를 완성해가는 긴 여정이 된다. 젊음이 가질 수 없는 생각의 깊이와 여백의 미덕이 체현되며, 그러할 때 노년은 여러 강점을 가진 통찰의 계절이 된다. 이 시집의 2부에서는 이러한 의식의 성숙이 전통 회귀의 서정으로 나타난다. 그 다양한 모습은 한편으로는 시인 개인의 추억과 맞물려 있고 다른 한편으로는 그러한 개별성을 넘어 집단적 또는 공동체적 기억에 맞닿아 있다. 컴퓨터와 같은 문명의 이기利器, 아이들이나 어른들과의 관계성, 디스크 통증과 같은 몸의 불편까지 이 의미망의 범주에 있다. 이 모든 생애의 체험들은, 시인의 세계를 한결 더 웅숭깊게 한다.

멀리 떨어져 있어 자주 못 본다

오면 좁은 집을 휩쓸고
기氣로 꽉 채우던 아이들

(중략)

참새같이 온종일 재잘거리던
아이들은 어디로 갔을까

그때가 우리들의 화양연화였나
추억을 더듬는다

손에 잡았다 놓친 풍선같이
멀리 달아난
인형같이 이쁘고 통통 뛰던

아이들을 소환하며

빈 식탁에 앉아
맥없이 지난날을 그린다

10대라 그러한가

　　— 「아이들은 어디로 갔을까」 부분

　노년에 그리워하는 아이들, 특히 손자나 손녀는 단
순한 가족 구성원을 넘어서는 상징성을 지닌다. 이는
생물학적 연속성 이상의, 시간과 존재를 이어주는 살
아있는 관계성을 형성한다. 인용의 시에서는 아이들
로 인하여 시적 화자의 삶이 하나의 이야기로 이어진
다. 그런데 이제 그 아이들이 떠나가고, 시인은 그 시
절이 '우리들의 화양연화'였느냐고 묻는다. '빈 식
탁'에 앉아 지난날을 그리워하는 것은, 쓸쓸하고 외
롭지만 그 또한 하나의 정돈과 행복에 해당하지 않을
까.

　핸드폰에 컴퓨터가 들어 있다
　정작 부리는 일은 몇 개 아니다

시간 지나면 스스로 업그레이드 된다
기본이 없어 헤맨다

(중략)

AI가 바이러스처럼 번진다
AGI 시대가 오면 인간의
모든 능력에 대처한다니

불만을 할수록 시간은 가고
더 헤맬 것 같다

―「불만 Zero」 부분

　전혀 익숙하지 않은 문명의 촉수와 만나는 날들은 어색하고 힘들다. 이는 '새로운 도구'가 아니라 시적 화자가 공존하던 세계의 질서를 근본적으로 뒤흔드는 '낯선 환경'으로 다가온다. 젊은 세대에게 기술은 영역 확장의 수단이지만, 노년에게는 사회로부터 한 걸음 멀어지는 단절의 신호처럼 느껴질 때가 많다. 인용의 시에서 보듯 손안에 있는 소우주 핸드폰, 바이러스처럼 번지는 AI, 인간의 모든 능력을 대체한

　　　　　　　　　　땅은 왜 잠들지 못하는가

다는 AGI가 모두 그렇다. 그러나 시인은 이 새로운 상황에 맞서기 위한, '핸드폰 기능 강의'와 같은 학습을 계속한다. 어떤 위험이든, 그것을 위험하다고 인지하고 있을 때는 그다지 험한 위험일 수 없지 않겠는가.

삭막하게 치솟은 아파트 정글
제법 평수 차지한
한옥 찻집

대청 마루 옆 숨은 듯 아늑한 방
구들이 없으니 두루 아랫목이다

(중략)

담장은 낮아서 지나는 이의
머리가 우쭐우쭐 한다

옛 정취가 남아서인지
이 방에 들면 너무나 편안하다

—「한옥 찻집」 부분

시대가 첨예한 발걸음을 옮길 때, 오히려 전통적 정서와 그 실체화된 모형이 더 소중해진다. 인용의 시에서 형용한 한옥 찻집이 바로 그렇다. 뭔가 안정적이고 안심이 되는 느낌이다. 모두가 빠른 속도로 세상의 저잣거리를 향해 달려갈 때, 시간의 결을 천천히 더듬는 손길의 감응이 여기에 있다. 풍성하고 화려한 것이 아니라 절제된 따뜻함이 빛나는 대목이다. 이 시에 나타난 한옥 찻집의 정취가 시적 화자에게 '너무나 편안'한 것은 바로 그 때문이다.

3. 일상의 근원과 생명에의 경외

우리는 크고 훌륭한 것이 아니라, 소박하고 품위 있는 것에 감동한다. 우리 일상이 소중한 바는, 그에 대한 증명이 매 순간 촉발될 수 있는 까닭에서다. 때로는 너무 친숙하여 잘 관찰되지 않을 수도 있으나, 한 걸음 물러서서 바라보면 모든 삶의 순간들이 소중한 생명력으로 숨 쉬고 있음을 알 수 있다. 정성이 담긴 밥 한 끼, 바람에 흔들리는 나뭇잎, 해맑은 아이의 웃음소리 같은 것들 속에서 우리는 생명의 지속과 순환을 목격한다. 이들은 무의미한 반복이 아니라 끊임

없이 재생되는 생명의 힘이며, 우리로 하여금 그 생
명에의 외경심을 갖게 하는 촉매제가 된다. 3부에 수
록된 시들에 나타난 귀향, 성장, 가족, 모성, 그리고
인생사의 목격담 같은 주제들이 여기에 잇대어져 있
다.

　　너를 낳고
　　세상을 얻은 듯

　　꽂이고
　　잎이었던 너

　　(중략)

　　창황히
　　기어이 못 볼 꼴 보고
　　내 인생도 끝이 났다

　　아들아! 아들아!
　　내 아들아!

　　　―「길 위에 선 모정」부분

인용의 시에 등장하는 시적 화자가 누구인지는 명확하게 알 수가 없다. 하지만 시의 하단에 있는 각주를 보면, 어느 안타까운 어머니의 심경을 대신하여 시의 문면으로 치환했음을 짐작할 수 있다. 동서고금을 막론하고 모정의 애타는 마음과 안타까움을 노래한 시들은 그 숫자를 헤아리기 어렵다. 이때 모정의 안타까움은 사랑이 부족해서가 아니라 사랑이 너무 커서 생기는 감정이다. 어느 어머니에게나 아들은 '꽃이고 잎'이다. 이 시는 그 아들이 잘못된 길로 들어선 상황에서의 탄식이요 절규다.

평생을 공公밥 먹고 살았다

탁월한 스팩에
용모도 수려하고 과묵했다
명석한 머리에 든 차가운 이성으로
무장했다

오사바사 하지 않아도
연연하지 않아도 될 일
자신의 머리를 배반하고
육신을 허욕에 가두었다

　　　　　　　　　　땅은 왜 잠들지 못하는가

큰 역량 어디 소풍 보내고
이름으로 남았을까
운칠運七복삼福三이었던 그가
마지막 자리도 공밥이다

—「공밥」 전문

인용의 시는 시적 화자의 인생사에서 운명처럼 목
격한 어느 인물에 관한 서사다. 그런데 여기에서의
'공밥'은 공空이 아니라 공公의 밥이다. 다시 말해 공
공의 성격을 띤 밥이라는 말이다. 시에 등장하는 대
상자는 '탁월한 스팩'에 '용모도 수려하고 과묵'하
다. 거기에 '명석한 머리'와 '차가운 이성'을 갖추었
다. 그런데 그 장점을 살리지 못하고 허욕에 차서
'이름'만 남은 형편이다. 그의 마지막 자리가 '공公
의 밥'인 것은, 꼭 '공空의 밥'과 같은 결론인 것으로
들린다.

내 배 아파 낳은 자식은 아니지만
애지중지 키우다 보면
가슴으로 만난 자식이다

(중략)

수명이 되어
마음의 대비는 해도 착찹하고 우울하다
무지개 다리 건너는 그를 보며 만감이 교차한다

자식은 인생을 가르치고 아비를 가르친다
시대를 쫓아 갈려고 하지만 내심 섭섭하다
날마다 이해하고 덮어 준다

—「반려 댕댕」부분

　반려견 댕댕이를 서술한 시다. 오늘날에 이르러 여름날의 맥고 모자처럼 흔하게 된 반려견은, '기능적 동물'에서 '관계적 존재'로 그 위상이 변화되었다. 과거에는 주로 집을 지키거나 사냥을 돕는 도구적 존재였으나, 이제 함께 살아가는 존재 곧 가족으로 인식되고 있다. 이는 인간과 동물의 관계 윤리가 과거와 달라지면서 도시사회에서의 정서적 완충 장치로 기능하는 측면을 보여준다. 시인은 반려 댕댕이의 생활 양식을 설명하면서, 그에 수반되는 만감의 교차도 함께 내보인다. 현대적 일상 속에서 생명에의 경외감을 표출한 시다.

4. 역사와 세월의 갈피에 숨은 말

누구의 인생에 있어서나 다 말하지 못하고 숨겨둔 말, 그러나 온 생애를 두고 버리지 못하는 언어가 있다. 시인은 이를 시화詩化할 수 있으니 그래도 행복한 사람이다. 이러할 때 그의 시는 오히려 값있는 사상성의 층위를 그 가운데 포괄할 수 있다. 이를테면 그가 '폐허 위에 바람이 눕는다'라고 할 때, 그것이 단순한 풍경의 묘사에 그치지 않고 자신이 목격한 시대의 상실과 허무를 유추한다. 이 시집 4부의 시에서는 이러한 관찰과 표현의 방식이 여러 모양으로 동원된다. 실향민 아버지의 남모르는 동통疼痛, 일본 도시샤 대학의 정지용과 윤동주 시비詩碑, 작가 박경리에의 회고, 그리고 춘향에게서 발견하는 사랑의 원전原典 등이 그 예증들이다.

고향과 가족을 잃은 자의 방황은
끝나지 않았다

명절이면 북녘땅 향해
새배하고 통곡했던 아버지

부모생사도 모른다고
생신상을 평생 거부했던 아버지

우리도 생일을
모르고 살았다

간혹 북녘땅 가족을 그리며
가슴이 헛헛했을 아버지

이제는 혼이 구만리 장천을 날아
함경북도 정평군 신상면 신하리 땅에 계신
할아버지, 할머니 형제들과 만났을까

이제는 또 남쪽에 있는 자식들을 그리실지
남쪽에서도 북쪽에서도
실향의 골이 깊다

—「실향」 부분

     땅은 왜 잠들지 못하는가

　부모의 생사를 모른다고 평생 생신상을 거부했던 아버지다. 이를 바라보는 가족들의 힘든 마음을 알면서도, 끝내 자신의 통한을 추스르지 못했다. 거기에는 평생을 일관한 망향의 심경, 정체성의 부유浮遊, 회복 불능의 시대사와 시간의 흐름에 의해 굳어버린 상실감 등이 잠복해 있다. 이와 같은 현실이 시간과 공간의 양 측면에서 동시다발적으로 일어난, 그야말로 개인사와 민족사에 두루 걸친 비극의 양상이다. 그러기에 당사자 아버지나 이를 관찰의 눈으로 바라보는 자녀에게나, 실향의 고통스러운 체험은 매한가지다.

　　코로나로 조용한 도시샤 대학
　　이마데가와 캠퍼스
　　해리스 과학관과 채풀 건물 사이

　　조촐한 시비 둘
　　윤동주, 정지용 시인의 시비가
　　세월의 두께를 쓰고 있다

　　(중략)

조국에 대한 두 시인의 연민은

목에 걸린 가시처럼

끝이 없어라

더 슬퍼 말라고

가만히 속삭여 주었다

누군가 갖다 둔 꽃묶음이

노루꼬리 같은 햇살에 졸고 있다

—「시비詩碑」부분

　일본 도시샤대학 교정에 조출하게 서 있는 정지용과 윤동주의 시비가 '세월의 두께'를 쓰고 있다는 것이 시인의 시각이다. 정지용은 매우 감각적이고 구체적인 이미지로 사물을 표현했으며, 일본 유학 시절 윤동주의 정신적 스승이었다. 실향 혹은 상실의 정서를 다루는 데 있어 두 사람은 닮은 듯하면서도 그 결이 다르다. 윤동주는 정지용에게서 학습한, 내면의 갈등과 윤리의식이라는 차원에서 한 걸음 더 사회사적 차원으로 나아간다. 시적 화자는 이들의 시비 앞에서 더 슬퍼 말라고 가만히 속삭여 준다. 시공을 뛰

어넘어 이러한 대화를 가능하게 하는 것이 시의 힘이
자 시인의 저력이다.

　　　신산한 삶
　　　문학사에 큰 획을 그은
　　　박경리 작가의 묘소

　　　미륵산 자락 코발트색 바다가
　　　훤히 보인다
　　　생전에 고른 장소라 한다

　　　덜하지도 과하지도 않는 묘소
　　　생전의 모습처럼 단아하고
　　　품위 있다

　　　(중략)

　　　한 점 흐트러짐 없이
　　　사셨던 선생님

　　　모든 이에게 감동과 감사를
　　　남긴 선생님

— 「박경리 선생님 묘소」 부분

박경리는, 특히 그의 『토지』는 개인의 삶을 넘어 한국 근현대사의 거대한 흐름을 문학적으로 형상화했다는 점에서 시대사적 의의를 갖는다. 그의 문학과 더불어 우리는 민족사의 총체적 표현, 민중 중심의 역사 인식, 여성적 서사의 확장, 전통사회에서 근대로의 이행 과정 포착, 우리 삶의 뿌리에 대한 천착 등 다양한 형상력을 경험할 수 있었다. 인용된 시의 화자는 그 박경리 작가의 묘소에서 그에 대한 존경과 감사의 념을 감추지 않는다. 문학에서건 어느 영역에서건 선진은 후진의 기림으로 빛나고, 후진은 선진의 훈도薰陶로 보람을 얻는다.

5. 풍광 속의 순수를 찾아가는 길

자연을 매개로 인간의 본래적 감정과 존재의 근원에 도달하려는 시인의 행보는 소중하며, 대체로 좋은 시의 원인 행위가 된다. 이때의 풍광은 외형적 배경이 아니라 내면을 비추는 반사경으로 작동한다. 이 경우의 순수성 또한 원시적 상태로 환원하는 것이 아니라 하나씩 무리하게 덧붙여진 요소들을 걷어내는 것이다. 아직 버리지 못한 욕망, 여전히 손에서 놓지 못한 사회적 역할, 그에 따른 기억의 상처 같은 절목들이 여기에 해당한다. 이 시집 5부의 시에서는 여기에 이 탈각과 각성의 의미를 추적하는 경향이 짙다. 시인은 거기에 여행의 즐거움을 더하기도 했다. 그런가 하면 「오대산 적멸보궁」은 이 다기多岐한 주제들을 이야기와 대화의 방식으로 펼쳐 보였다.

> 그 해 겨울
> 눈의 나라 아오모리
>
> 조붓한 고샛길 쓸던
> 허리 굽은 사람들
>
> 지붕에 쌓인 눈
> 흰빛은 어디로 가고
> 처마에 고드름 단다
>
> (중략)
>
> 눈은 날리고 날린다

내 마음도 눈꽃되어
이리저리 날린다

내리고 내린 눈
모든 것을 덮어 버렸다

아오모리는 일본 혼슈 북단에 위치한 지역으로, 자연·전통·계절의 여러 모습을 한꺼번에 만날 수 있는 곳이다. 특히 겨울에는 일본에서도 손꼽히는 폭설로 장관을 이루는 터이다. 외지에서 온 시인이 이를 만나 그 겨울의 추억을 한 편의 시로 남기기에 사뭇 적합한 셈이다. 이 지역을 여행한 시인의 내면 풍경은 그에 대한 기꺼움으로 오히려 온화하고, 모든 것을 덮는 눈으로 인해 한결 청신하다.

눈앞에 있다 사라지는
잔상만 남아도
가슴에 바람이 든다

오래 기억에 남아

땅은 왜 잠들지 못하는가

다시 찾고 싶은 곳도 있다

(중략)

여행은 가슴으로 느끼고
호흡으로 새긴다

말 섞지 않고
생각 집중하고

여행지의 공기를
음미한다

잠깐 노마드족의 삶을
꿈꾸면서

―「가슴에 이는 바람」 부분

　가슴에 한 줄기 바람을 숨겨두지 않은 사람이 있을
까. 그 바람은 어쩌면 해명되지 않는 생각의 시작이
기도 하고, 억눌려 있던 감정의 흔들림이기도 하며,
자신의 존재를 일깨우는 살아있는 감각이기도 할 것

이다. 인용된 시의 화자에게도 이 상황은 동일하게
적용된다. 일상의 구속과 그로부터의 일탈! 이 대목
에서 시인은 '여행'을 환기한다. 그러기에 시인은 영
원한 '노마드족'이다. 가슴 속의 바람을 긍정적이며
순방향의 에너지로 전환할 때, 시인의 꿈은 지속 가
능한 형식을 얻을 것이다.

이른 봄
둔덕에 질펀하게 깔린 봄 전령사

새끼 손톱만한
잉크빛 꽃잎이 앙증맞다

자세히 보면
용케 알고 햇볕 쪽으로 모두
얼굴을 돌리고 있다

생각이 있는 걸까
따뜻한 곳을 아나보다

작은 생명도
함부로 할 수 없다

 땅은 왜 잠들지 못하는가

―「봄까치꽃」 전문

　봄까치꽃은 이른 봄에 가장 먼저 모습을 드러내는 작은 들꽃이다. 우리 삶터 주변이나 길섶 혹은 풀밭에서 흔히 만날 수 있다. 크기는 작지만 그 안에 담긴 의미와 정서는 자못 깊은 편이다. 이 이름은 까치가 울 무렵에 피는 꽃이라는 데서 유래했다는 설이 있다. 시인은 여기에 '봄의 전령사'란 명호名號를 붙였다. 그런데 정녕 중요한 발견은 그 꽃잎들이 전부 햇볕 쪽으로 얼굴을 돌리고 있다는 사실이다. 시인은 '작은 생명'의 신비를 놓치지 않았다. 이처럼 작고 조촐한 자리에서 인식의 품격을 발양할 수 있다면, 그 시가 좋은 작품이 아닐 수 없다.

　우리는 이제까지 모두 5부에 이르는 김경옥 시집 『땅은 왜 잠들지 못하는가』을 정성들여 읽었다. 그의 시는 난해하거나 복잡한 시어를 불러오지 않고 시의 형식에 있어서도 어려운 포즈를 취하지 않았으며, 순후하고 감각적이며 서정적 분위기를 일관되게 지켰다. 동시에 삶의 인근에 포진해 있는 삼라만상을 시의 영역으로 초치하여, 그 심층적 의의를 성찰하는 시 세계를 구축하고 있었다. 그래서 우리는 그의 시에 대해 존재에 대한 통찰, 전통 회귀의 서정, 생명에의 외경, 세월의 갈피에 대한 이해, 그리고 풍광 속의 순수 체현 등 여러 의미를 부여할 수 있었던 것이다. 바라기로는 시인의 내일이 더욱 노익장하여, 우리로 하여금 지속적으로 좋은 작품을 만날 수 있게 해주었으면 한다. ⸙

땅은 왜 잠들지 못하는가

| 발문 | **전상수** 전 국제신문 논설주간, 전 부산남구청장

발상이 신선하다

　김경옥은 주변 모두를 걱정하는 따뜻한 품성을 지닌 시인이다. 길가 마른 덤불 밑에서도 봄을 준비하는 싹들이 숨 쉬고 있음을 알아채는 예리한 시적 감성에 감동한다. "이리 오너라 업고 놀자"더니의 서사에서 조선 시대 고전 소설 속 퇴기 월매의 딸 춘향을 오늘에 소환, 그 열정과 한을 현대적 의지의 성공한 여성 사업가로 접목한 발상은 신선하다. 한양 이판서댁 뒷골방에서 뛰쳐나온 춘향을 시전 장터 국밥집으로 성공시킨다. 향단과 방자를 혼인시키고, 어머니 월매를 모셔와 효도하고 나라의 큰 재난에 모아둔 재산을 팔아 쾌척하는 쯤에 이러면 절로 미소가 흐른다. 현대 여성운동이 목표로 하는 인간해방 여성해방을 근원에서 해결하는 김경옥의 시는 여성에게 주는 격려사로 매김하고 싶다. 그의 시에 녹여있는 연민과 끊임없는 인간사랑 나라사랑의 깊은 생명력은 바로 김경옥 시인의 삶의 철학이다. 그의 시는 우리 사회에 조용히 내리치는 죽비이기도 하다. ✗

나무시인선 034

땅은 왜 잠들지 못하는가

1쇄 발행일 | 2026년 4월 24일

지은이 | 김경옥
펴낸이 | 윤영수
펴낸곳 | 문학나무
편집 기획 | 03085 서울 종로구 동숭4나길 28-1 예일하우스 301호
이메일 | mhnmoo@hanmail.net

출판등록 | 제312-2011-000064호 1991. 1. 5.
영업 마케팅부 | 전화 | 02-302-1250, 팩스 | 02-302-1251
ⓒ 김경옥, 2026

값 15,000원
잘못된 책은 바꾸어 드립니다
지은이와 협의로 인지는 생략합니다
본 책은 저작자의 지적 재산으로서 무단 전재와 복제를 금합니다.

ISBN 979-11-5629-197-8 03810